GOBOOKS
& SITAK
GROUP ©

U0000268

GOBOOKS
& SITAK
GROUP©

三日月書版

三日月書版

高昌王妃
GAOCHAN
OUHI
黛妃
illust. JNE*靜
下
ERO3
三日月書版

CONTENTS

第一章

季婉本來以為這次死定了，恍惚間，有人一把拽住了她，定睛一看才發現是萊麗和闞平昌趕來了，兩人合力將她拉了上去。

「婉姐姐，妳沒事吧？」那一幕讓闞平昌餘悸猶存，無不慶幸趕了過來。

季婉嚇得不輕，面色慘白手心全是冷汗，想說話又心悸得厲害，一個字都說不出來，看著被打暈倒在一旁的闞義成，心中複雜又害怕。

他要殺了她……

「該死的，他是瘋了吧！」闞平昌起身，著實氣不過，撿起地上的長棍邊罵邊打：「早就看出他不是什麼好人了，裝什麼裝！混蛋！」

「平昌，算了。」怕引起不必要的麻煩，季婉有氣無力地喚住了闞平昌：「我們還是快些離開這裡吧。」

鬫平昌憤然地扔掉了棍子，末了又踹了鬫義成幾腳，暈過去的男人悶哼了幾聲，好在並沒有醒來。

「這事要不要告訴王兄？」

季婉思忖了一下後，搖了搖頭。

夜裡的王庭晚宴照常進行，季婉稱病不去，一是不想看見鬫義成，二是答應了鬫平昌去見不再裝傻的木頭。

暮色降臨，打發了鬫首歸來探她的侍女，季婉便從後殿離開，依著平昌定好的地方去。她心中頗是疑惑，她與木頭相交並不深，為何他臨走前偏要見她？若不是平昌再三央求，她是絕不會答應的。

晚風微涼，攏了攏身上的披風，獨自走在寂靜的道路上，季婉加快了腳步，倩麗的身影如鬼魅般消失在黑夜中。

「平昌說你要見我？」

站在較為安全的地方，季婉就著昏暗的燈火看了看庭苑中負手而立的男人。

須臾，他轉身過來，沒有了傻笑的面龐正色微厲，即使身處黑暗，那雙眼流露出的銳利還是讓季婉感受到了一股威壓，這樣的男人有著天生的王者之氣，難怪闞平昌會動心。

「我等妳很久了，還以為妳不會來呢。」

他正常的嗓音偏暗沉，並不是太悅耳，反而有種緩慢的慵懶，漫不經心更顯深不可測。

季婉直覺，此人比闞首歸還要危險。

她不說話，清冷的風中傳來了男人的輕笑，他慢慢走上前，寒星似的雙眼直盯著季婉，她的戒備之心讓他頗為失落，就在距離她一尺近的地方停下了腳步。他知道若是再往前，這女人會毫不猶豫地逃走。

「我能帶妳離開這裡回到中原，妳願意跟我一起走嗎？」

這樣的直白讓季婉微怔，她並不懷疑他的能力，哪怕第一次見面時他有多狼狽，現在的他就有多氣燄高張。

「你要見我就是想說這個？可惜，我並不需要。」季婉不傻，雖然她時刻都想離開這裡，可是跟這樣的男人一起走，顯然不是明智之舉。特別是經歷了今天闞義成的變故後，她已經難以相信男人的話了。

朦朧微暗的光亮中，不染脂粉的季婉極是柔美，靈動還有些不知世故，偏偏又有著自己的小聰明，這樣的女子本就比空有美貌的花瓶更加招惹男人的心。

「我以為妳並不喜歡闞首歸。」

季婉看著他似笑非笑的樣子，心中格外不喜，眉心微動：「我知道是你勸平昌助我離開的，雖然不知道你是出於什麼目的，但這並不代表我會隨你離開。還有，請你不要再利用平昌了。」

陷入愛情的女人都是盲目的，就像現在的闞平昌，任由這個男人支配，哪怕他已經明說要離開甚至不喜歡她，她也甘之如飴，另一方面也足以說明這個男人的可怕之處。

這是季婉第二次勸告了，上一次他裝傻不知可否，這次卻是神色從容。

「利用？我並不覺得這是利用，充其量只是一種能力罷了。」

這種能力可以讓人為他所用，為他赴湯蹈火，他自己卻不需要付出任何代價，遠比利用更加恐怖。

季婉覺得話題沒有再繼續的必要了，不失禮貌地笑著道：「不論如何，還是謝謝你想幫助我的心意，就此別過吧，希望你能早日回到自己的地方。」

就在她轉身之時。

「妳送我的東西，我會好好保存的。來日再見時，希望妳不要再對我這樣無情。」

季婉皺眉，她送給他的東西？面無表情地再次轉過身，只見男人手中拿著一塊頭紗，那華麗的樣式令她隱約記起了些許。

那日初見時，他肩胛出血不止，她遞給賽爾欽讓幫他包紮的。

「不過是隨手丟棄的東西，希望你不要想太多，早些扔了吧。」到這會兒了，她再不明白這個男人想要的是什麼，她就真的蠢了。

似是早就料到她會這樣說，他無奈地嘆息了一聲：「知道嗎？這樣無情地拒絕一個愛慕妳的男人，只會激發他更多欲望。」

季婉強忍著將手中燈籠扔到他臉上去的衝動，這些男人究竟怎麼了？難道又是因為她這張臉？

「妳有比美貌更讓人動心的能力，別這麼看我，妳心中想什麼，妳的眼睛都告訴我了。好了，保護好自己吧，要不了幾年，我們就會重逢的。」

他有絕對的信心，甚至已經開始期待重逢的時刻了。

眼看著他錯身離去，震撼中的季婉才回過神，忍不住問道：「你究竟是什麼人？」

夜色中的男人頓了下腳步，側首燦然一笑，微斂的眸中是俯瞰萬物的極盡傲慢：「記住我的名字——阿伏至羅——妳終將為我所有。」

阿伏至羅！

季婉呼吸一窒，臉色瞬間大變，那男人卻已消失不見了。她心中一片惶然，腦子裡更是亂成一團，一會兒是男人剛才的話，一會兒是闞首歸早先的殺意。

「此人不除，日後必是大患。」

「或許有朝一日，這個傻子會殺了我呢？」

「婉姐姐，妳怎麼了？」一直躲在一旁的闞平昌，本來在聽見男人向季婉表達愛意後，心中還悲痛難受，未料在木頭說完自己的本名後，季婉卻像是遭到了晴天霹靂一般，眼看要摔倒了，她再也藏不住了。

季婉看著突然出現的闞平昌，似是看見了曙光一樣，緊抓住她的手，急急說道：「平昌，他是阿伏至羅，不能讓他走……快殺了他！」

第二章

晚風淡涼，在長廊下坐了許久，冷靜後的季婉才察覺方才自己有多失態，即便那人是阿伏至羅，即便在歷史中他會終結闞氏高昌，即便……連闞首歸也要死在他的刀下。

她又在擔心什麼？

「婉姐姐，妳究竟怎麼了？為什麼要殺木頭，妳知道他是誰？」方才躲藏的距離並不遠，闞平昌也聽見了阿伏至羅說出自己的名字。可惜這個名字太陌生了，怎麼也沒想到季婉會驚慌如斯，心中的疑惑越來越濃。

季婉搖了搖頭，看著昏暗的花庭，下意識避開闞平昌探視的眼神，驟然站起身來：「太晚了，我們回去吧。」

歷史將會如何，闞首歸將會如何，這裡的一切將會如何，都和她沒有任何關係，不是嗎？

內心深處，季婉甚至自嘲地安慰自己，她並不喜歡闞首歸，就算他有朝一日死在眼前，她也應該拍手稱快才對。

「婉姐姐妳別騙我，妳明明說要殺了……婉姐姐！」

陰暗的想法一旦有了念頭便會一發不可收拾，幸而闞平昌不放棄地追問，打斷了季婉的思緒，她才驚覺自己變得有多可怕，倉皇地推開闞平昌，季婉朝著來時的路而去，不敢再說隻字片語。

夜宴並未散，闞首歸卻提前回宮了，季婉回去時，也不知他等了多久，陰沉的面色格外嚇人。

「不是說身子不適要休息嗎？去哪裡了？」他手中端著葡萄酒，一飲而盡時，豔紅的酒液延著白皙的唇角滑落，似是飲著人血般。

早有前車之鑒，季婉諱莫如深地站在殿中，躡著步子走近了些許：「並沒有不適，只是不想去宴會。」

抬眸凝視季婉片刻，闞首歸無聲息地勾起了唇，笑得極盡昳麗，可惜這股笑並未深入眼底，那碧色的瞳中散發的陰鷙正在加重。

「是嗎？」

明明是個反問，從他口中出來卻是發涼的陳述詞。

季婉心中並沒有太緊張，或許連她方才的一舉一動他都是清楚的，再想瞞住什麼，都是徒勞罷了。

「過來。」他傾著金樽倒酒，一邊對季婉說著。

也是無所畏懼了，季婉走了過去，在距離半臂之距時，闞首歸驀然抓住了她的手腕，滾燙的掌心驅走了玉肌上的微涼，她還來不及說什麼，就被他拽得一個趔趄，摔入了他懷中。

「啊！」

她還未爬起，就被他箍著纖腰往下一按，緊接著一杯濃香的葡萄美酒便被灌入了口中，微烈的酒液嗆入了氣管，她在他懷中咳得眼淚直落。

「咳咳……不……咳咳……」

闕首歸寒冰似的眼神微斂，扔開手中的酒盞，掐著季婉的腰往上一提，弧度完美的薄唇便壓了上去，含著酒香果液濃濃的粉唇嫩舌，優雅頓失，狂亂地攪拌吸囁。

可憐的季婉先是嗆得差點背過氣，接著就被無度強吻，粉白的臉頰迅速漲紅。很快地，最後一絲氧氣也被男人霸道地吸走了，臨近窒息的極端纏繞，讓她在他懷中垂死掙扎。

拍打在肩頭的柔荑力氣越來越小，闕首歸的舌頭卻是越吸越狠，吃著女人細軟的妙舌，他一手掐著她的腰，一手卡住了她掙動的粉腮。

源源不斷的氣息從他的口中渡入她喉間，帶著酒香又夾雜著冷冽，生疼間占據了她的一切。

直到被放開時，季婉已經半暈在闕首歸懷中，男人把玩著她發紅的素白玉指，饜足地舔了舔唇角，野獸般的瞳孔中閃過絲絲嗜殺之意。

「我說過，覬覦妳的人都該死，一個都不能放過，先從老頭子開始吧。」

半是認真半是玩味的話入了季婉的耳中，她身子立時一僵，老頭子是指闕伯周？她遲疑地看向闕首歸：「你、你要幹什麼？」

修長的手指輕柔挑開她頰畔細細凌亂的髮絲，擦拭著她唇間濡濕的印跡，他笑了笑：

「乖，很快妳就會知道了。」

「我……」季婉還未說出第二個字，闞首歸便用手指封緘了嫣紅的唇，看著她烏黑濕亮的美目，他將她抱的更緊了，濕熱的舌舔在她的腕間。

「包括你今夜見過的那個男人。」

他似笑非笑的眼神讓季婉渾身發涼，果然，她的一切他都瞭若指掌。

闞首歸抱著僵直的馨香嬌軀，箍在腰間的大掌驀然下滑，隔著軟緞的裙紗揉弄雪股，她緊張害怕的模樣著實撩撥了他。

這種時候，他只有一個念頭。

占有她，深入她，擺弄她。

「阿婉，世上只有我能對妳做這樣的事，別的男人都不可以。」他一邊說著，一邊解開了她腰間的裙帶，綴珠的宮條猝然落下，羅裙也很快遮擋不住玉潤如霜的美腿了。

擒著金玲雜響的纖細腳踝，闞首歸將手腳並用的季婉又拉回了身下，撕碎的裙衫半裸，他俯身壓下去，扳住她的臉，用力地吻著她。

大掌游移，摸在曼妙的曲線上，無不是柔軟的美好。

吸吮著她的耳垂……舔弄著她的耳廓……他狂亂地失去理智，牙齒咬過她的脖頸時，霜色的玉肌上留下了暗紅色痕跡。

「你弄疼我了！唔！」

季婉被咬得生疼，一個勁地在闞首歸懷中扭動。

奈何他抱得太緊，大概是不耐煩了，他直接扯開了她的雙腿，將自己的腿擠了進去，頂開了她想閉攏的地方。

「疼嗎？」他伏在她身上，薄唇貼在起伏急促的玉色胸脯間停止了啃咬，凌亂的卷髮被季婉拽得生痛，騰出一隻手來，抓住了她的手腕，才輕輕一捏耳邊就是一聲軟軟的輕咽。

混亂中，季婉察覺他帶著她的手往下方挪去，她驀然瞪大了眼：「你放開！下流！」

未料，對方只是淡然一笑，舔著她微微圓潤的下巴，握著她的手探入了自己的袍間，雜亂的男性毛髮在胯間硬得扎手，很快那巨大火熱的肉柱便強行擠入了她的掌心。

「快忍不住了，還是先揉揉吧。」

明光下，俊美妖異的男人突然溫柔起來，壓著漲紅了臉的季婉慢慢輕啄，不經意發出的聲音格外淫靡，牙齒咬開了胸間的碎綢，粗糙的大舌由下而上地舔舐著渾圓白嫩的乳肉，塗抹著口涎，將那對嫩生生的玉筍吸得發紅發顫。

第三章

突然緩下來的節奏並沒有讓季婉輕鬆多少，身體很快有了反應，她壓抑地嬌喘，緊蹙著柳眉掙動，被男人控制著纏在猙獰巨物上的五指更是不曾停下。

他能藏住表面的粗暴，卻掩飾不了本能的凶殘。

「手！我的手……你慢點！」

快速的磨動在看不見的下方越來越淫亂，含著她硬立的朱色乳尖，闞首歸鼻息間越發灼熱，他閉著的眼不曾流露欲色，可是舒展的眉間滿滿都是快慰。

女人的手著實嬌嫩，儘管沒有半分技巧，也足以讓他得到紓解。

「已經夠慢了，妳乖些，對，就是這樣……再揉揉下面，快了……繼續，不許停！」

纖細的玉指溫潤，裹著蓬勃的肉棒微顫，酥酥麻麻的癢竄在闞首歸的腹間，他暢快地低吟，握著季婉的手由著自己的需求變換速度。

駭人的陽物磨得季婉手心一層熱汗，凹凸腫脹的巨大在腦海中越發明晰，一手堪堪握住地來回磨動，很快就讓她的胳膊痠了，而身上的男人依舊不見停息，含著她胸前的紅玉，更加得寸進尺地撫慰。

直到一聲低吼傳來，還不等季婉收回自己的手，闞首歸便用最快的速度褪去了兩人的衣物，挺立在腹下的柱形巨棒猙猛至極，對準了她被分開的瑩白腿心噴出了濃精。

「啊！」

黏稠的熱液鋪滿了嬌花般的陰戶，她尚且失神，吐著白濁的龜頭已經抵入了濕潤的花縫，插著隱祕的緊窄洞穴狠狠地衝了進去。

這一下，她便是喘息都弱了，倒抽一口涼氣後便繃緊了身體，在他的胯下瑟瑟發抖。炙熱的異物瞬間盈滿了細小的花徑，猛然的抽動給予了肉壁最直接的痠麻，再往深處交合就是大力的搗擊，不過幾下就讓季婉美眸中熱淚不止。

「呃呃！不要進了！」深填而入的巨大快感，衝激的季婉頭腦發脹，腹間亦是脹得難受，汁水四溢間，仰躺在長氈上的後背一陣陣地顫慄。

闞首歸並不言語，只是一個勁地進出在嫣紅肉洞中，淫潤的內道夾吸，讓他的馳騁更加瘋狂，修長的手指掐著季婉的雙腿，碧色的眼兒近似欣賞地看著兩人的交合處。

白沫橫生，蜜液如注……

加速地衝刺、貫穿、摩擦，將難以啟齒的疲爽送遍了季婉全身，肉棒越插越深，嬌嫩的軟肉幾乎有了快要脹破的錯覺。

男人一邊挺動腰腹，一邊用手去擦拭她面上快慰的淚水，寫滿情欲的粉頰嫣然，大抵是無力承受更加猛烈的操弄，微闔的小嘴裡不住哀吟起來。

動人心魄的淫媚，燒得人心都燥了。

「啊啊啊！」

腿兒被扯開到最大，粗猛的肉棒正以肉眼看不清的速度深入她體內，激烈洪亮的水聲響徹。

最叫季婉難堪的便是臀後的長氈，已經濕了大片。

不過她早已無暇顧及了，抽插拍擊下極端的酥癢占據了她的精神，讓她情不自禁地大叫顫抖，過多的情水混雜了精液，被納入的肉棒一下又一下地搗進花心深處，宮口微痛間，一陣陣電流似的麻如海浪般襲來！

「只有我能這樣弄濕妳，對不對？乖，叫得再浪些。」

她聽不清他在說什麼，卻在第一時間遵循了他的命令，更瘋狂的操弄來襲時，用最好聽的聲音回應……

這夜之後，季婉將阿伏至羅的事情埋在了心底，屬於闞氏兄弟的爭鬥還沒正式拉開帷幕，高昌王便「病入膏肓」了。

再見到闞義成時，俊雅的少年意氣風發，攜著未婚妻在大宮的金殿上執手情深，頗是叫人驚奇。

季婉就站在闞首歸的身側，目光落在阿依娜的身上時，她驀然一怔！

帶著金臂釧的腕間微燙，握上來的修長五指輕輕摩挲了下細潤的肌膚，見季婉遲遲沒反應，闞首歸側首問道：「怎麼了？」

清冽的聲音如暮裡鐘聲，沉穩地淡然。

季婉控制不住地發顫，那是壓抑不住的欣喜，她炙熱的目光很快引來了對面兩人的回視，阿依娜是不明所以地瞪著季婉，唯獨闞義成卻敏銳地看向阿依娜頸間赤金華美的項圈，其中嵌有一枚甚是普通的玉珮。

「在看什麼？」

難得闞首歸的目光從身上掃過，依偎在闞義成身邊的阿依娜突然挺起了胸脯，展露最傲人的地方。因此，頸間的項圈更為顯眼了。

回過神後，季婉連忙搖頭道：「沒有沒有，只是覺得阿依娜公主今天很美。」

拙劣的謊言自然騙不過闞首歸，將季婉眼中的興奮記在心中，不再追問，微微彎起唇側陰沉的弧度：「好了，隨我去看看父王吧。」

走出很遠了，季婉還是忍不住回頭看了看阿依娜，卻不小心對上了闞義成的視線，那意味深長的笑，顯然是已經明白了。

糟糕，她之前似乎告訴過他，只有那枚玉珮能幫她回家！

進入王寢後，季婉就心神不寧，她並不想看到闞伯周，哪怕此時他已經口不能言、四肢不能動彈，形同廢人般，她卻還記得那個午後，被他壓在花架下的每一幕。

「別怕，不會再發生那樣的事了。」

大掌輕柔地握著纖細的五指，無端端讓季婉鎮靜了下來，看著闞首歸難得柔情的一面，季婉很快就垂下了頭。

闞首歸緩緩靠近了王榻，透過薄如蟬翼的金紗帳幔看著躺在其間蒼老如厲鬼的男人，他並沒有多麼開心，淡漠的神情沒有一絲人情味，安靜地凝視這個他稱之父親的男人。

前半生害死了他的母親，後半生又肖想他的女人。

「父王是在害怕？」看著張闔著嘴發不出聲，面露驚恐的闞伯周，闞首歸無聲地笑了笑：「怕我殺了你？呵，我怎麼會殺了你呢，無論如何你還是我的父親。」

這樣的話，莫說是闞伯周了，便是他身邊的季婉都不相信，闞首歸卻說得無比認真。

「我知道你留了密詔要將王位傳給誰，無妨，我要的從來不是你的王位，今日的一切，只當是你還給她的罷了。」

他的母親，那個死了十幾年的女人，或許在闞伯周的記憶中早已不復存在，但是這遲來的懲罰終究會讓他一點一點地記起曾經的一切。

「至於闞義成，他用季婉和你做交易，真是該死。我的女人，可不是被你們用來交換的籌碼。」深邃的碧眸中，明顯起了一絲煞氣。

聞言，季婉大為驚詫：「交易？什麼意思？」

闞首歸卻不打算將這些骯髒事告訴她，眉間的凌厲深沉，只有握著季婉的手時，他才會有些得到救贖般的安然。

「走吧。」

他不願意說的事，季婉很快就找到了答案。

阿伏至羅走後，闞平昌傷心了幾日，而後又變回了以往的姿態，不再提及那個傻子木頭，也不曾追問季婉那夜的話是何意，回到了俏麗愛笑的小公主。

「我也是從母妃那裡知道這些事的，那日若非闞義成讓人告訴父王妳在花苑裡，妳也不會被……哼！他居然還裝作不經意出面救妳，真是個人面獸心的傢伙！」

季婉怎麼也沒想到那日發生的事會是闞義成一手策劃的，他當時對她說的話，她一直銘記在心，她無助害怕地在他懷裡哭時，他又在想什麼？

提起闞義成，闞平昌心中都是惡氣，繼續憤然地說著：「不僅如此，婉姐姐可知他的兵權是如何到手的？」

不消她說，季婉也大概知道了，闞首歸本就與闞伯周不和，加之她的緣故，闞伯周更加不喜闞首歸了。既然要打壓闞首歸，就必須扶持另一個兒子來抗衡。

征伐車師前部便是闞義成的最佳機會，利用父子嫌隙他拿到了兵權，從而有了和闞首歸匹敵的能力。

「他居然許諾，要將妳送給父王！婉姐姐妳說他可不可怕！」

這樣的人，又何止是可怕。

第四章

闞平昌依舊惦記著要送季婉走的事，之前聽信阿伏至羅的話，本意是想讓季婉隨他一起走，未料被季婉拒絕了，現下只能另作安排。

「婉姐姐，我已經著人打聽好了，過幾日便有商隊過沙漠往鳴山關去，我讓人去打通關系，屆時妳可以和他們一起走。」這是最便利的方法了，這些商隊常年在沙漠行走，也是最安全的。

季婉面色一凝：「不行，我現在還不能走。」

「為什麼？」闞平昌詫然，急急道：「這支商隊身分不簡單，妳若是混在其中，到時就算王兄要查，也會花上一番功夫，妳很容易就能離開的。」

「平昌，我必須拿到一件很重要的東西後才能離開。」

自己的玉珮陰錯陽差地落到了阿依娜手中，季婉須得想方設法去拿回來，她直覺自己的穿越和那枚玉珮脫不了關係。當日她初見闞義成，那人熱心提出送她去塔里哈，她就說過玉珮的事，希望他能幫她找到，那是她回家的信物。

現在想來，那時的自己笨得可以。

闞平昌想也不想，便關切地問：「是什麼東西？我幫妳拿。」

「恐怕不太方便。」季婉苦笑，無論是她還是平昌，和阿依娜的關係都是一言難盡，想要從她那裡拿到玉珮，只怕不是易事，只能簡單地將這事告知了闞平昌。

果然，一聽到阿依娜的名號，闞平昌也不說話了。

傍晚，季婉留了闞平昌一起用膳，正好闞首歸也回來了。大概是因為一心要幫季婉逃跑的心虛，闞平昌不太敢面對王兄，扔了筷子就跑了。

「巴菲雅。」闞首歸喚了一聲，也不曾叫住那丫頭，她反而跑得更快了。

季婉就說她有要事先走了，便繼續吃著。侍女添了一副碗筷，闞首歸盤腿坐下後，拔了匕首將烤好的羊腿切了幾片，悉數放入季婉的菜碟中。

「我已經讓人準備大婚的事宜了。」

他面色如常，眉宇間淡淡的柔情讓陰翳感溫和了很多，季婉咬著小片的烤肉忘了嚼，愣愣地看著他稜角分明的側顏，一時半會回不過神。

「早該辦的事了，如此開心？」闞首歸勾著笑，修長白皙的手指浸入侍女端來的水盆中，洗去上面的油脂，又接了潔淨的絹子將手擦拭乾淨，看著呆怔驚詫的季婉，唇間笑意越來越冷。

他要光明正大地娶她，而此刻的她，卻明晃晃地在臉上寫了三個字——不願意。

「什、什麼時候？」季婉猝然低下頭，味如嚼蠟地吃著烤肉。

兩人坐得近，闞首歸若有若無的打量目光讓季婉有些緊張，一時不查，手中的筷子就滑了，打在赤金的高腳盤子上，一聲脆響，空氣微微凝結。

男人的手指滑過了她的下巴，擒著玉潤稍尖的小巧輕輕用力，迫得季婉將臉轉向了他，她想往後退，他便掐得更緊。

「唔！」季婉被捏得悶哼了一聲，長睫輕顫，怵惕地看著靠近的闞首歸。

「髒了。」他一出聲，暗沉中的冷冽氣息撩得季婉面上生癢，忍不住閉上了眼。再睜開時，卻見他拿了巾帕在替她擦拭唇角。

細心輕柔，像是在擦拭一件無價之寶般。

「高昌的婚禮不比中原，好好準備，下月初旬妳便是我的王子妃了。」

下月初旬，距離現在不過二十來日，季婉盤算了一下，她須得儘快拿到玉珮才行。忽而下巴間又是一股疼，她倒抽了一口冷氣，對上了那雙深邃的碧眸。

剎那間，毛骨悚然。

「在想什麼？想逃跑嗎？阿婉覺得妳現在還離得了高昌嗎？」闞首歸看著掌間那張驚慌失色的嬌靨，並不意外地冷笑著。

如今他盡掌高昌之事，季婉一個弱女子莫說離開高昌，就是想出王庭也是不可能的事。

妖異的俊美臉龐靠了過來，季婉嚇得用盡力氣推開了闞首歸：「沒有，我只是覺得太突然了！」

闞首歸被推地往後一退背靠在隱囊上，碧眸幽寒，卻大笑了起來：「沒有便好。」

季婉被他笑得後背發涼，倉皇地想去拿起筷子，卻被闞首歸攔腰抱起，大步往內寢走去，旋即明白他要做什麼的季婉，立刻漲紅了臉掙扎起來。

「別別！我還沒吃飽！」

抱著她的男人卻扣緊了掌中的纖腰，不知何時，身下的外裙已經落在了地磚上，一陣悅耳的鈴鐺聲後，只剩一雙瑩白的腿在他臂間無助亂踹。

「沒事，我有的是東西餵飽妳。」

天旋地轉間，季婉被拋在了厚實的狐裘中，身後壓上來的男人已經赤裸了上身，緊貼而下，那滾燙的灼熱驚人，屬於男人的陽剛氣息如火般，將她圍得逃無可逃。

三根手指齊齊插入花穴，撐得嫩唇紅中泛白，緊繃在指腹間，濡濕的抽插來回不斷，俯趴在狐裘中的季婉難耐不已，羞紅著玉容嬌喘，緊抓著長絨的十指扣得死緊。

「啊！」

膩滑的水潤潮熱，手指磨得穴壁軟肉一痠，光裸的雪白纖腰便是狠狠一顫，再度襲來的摩擦不斷，很快就是一陣魅人心骨的哭泣傳來。

「不，不要摳了……嗚嗚！好疼……拿出去……啊！闞首歸！」

粗糲的手指卡在前穴插不進深處，卻能磨得那一塊軟肉發騷，越來越多的熱流橫生出穴，指間一股黏稠溫熱，半壓著豔嬈的女體，闞首歸密密的親吻還不曾停下，只見季婉後背的霜肌布滿了吻痕。

那是男人變態的占有欲。

他饑渴地似貪婪野獸，卻又不急著將自己埋入她的身體，手指輕抽，大舌滑弄，密集的親吻從脊骨一路親到了臀間，拔出手指的片刻，濕透的大掌扯開了季婉發抖的雙腿。

深邃的碧瞳燃燒著炙熱，舌尖輕旋在她的粉臀上，渾圓的嬌挺又軟又嫩，雖不及胸間的奶團，咬一口也覺可口。

季婉只覺熱得出奇，哪怕一身光赤也是燥熱的難受，白淨的額間滲著熱汗，如珠如玉的賽雪肌膚也透上了緋色，她能感受到男人的舌頭正從雪股間往下滑，不可避免，連緊閉的菊穴都被他舔過了，鑽心的癢從小腹間氤氳而散，前穴的腺體已經有了感覺。

粗重的呼吸一股股噴在臀縫間，被強行掰開的腿不安地抖著，終於，舌尖掠過會陰，就著潮濕的蜜液舔到了穴口。

「嗯……不不……」

劇烈縮動的陰唇猝然被含住了，這不是第一次被他如此挑弄了，季婉卻還是逃不過這種可恥的快慰，靈活的輕抿在唇間換著花樣翻弄，出著水的嫩肉嬌滑，兩片花唇被吮得發紅，連帶藏在下面的小陰唇也呈現豔麗之色，獨獨留下細不可見的小眼歡快地淌著淫液。

「阿婉下面太濕了，吃都吃不完，別亂動，小洞裡的水會流得更快。」

他就這樣貼在她的身下說著話，發著淫靡響聲的字句不甚清晰，被大口吸吮著的季婉羞恥地掙扎起來。

闞首歸稍稍撤離些，又用手指塞住了她的蜜口。

這一根手指方便了他的深插，頂弄著顫慄的花肉，他徜徉在淫膩的內道中，不時勾出一波又一波的情液，優雅地抹在胯間一柱擎天的巨棒上。

壓不下的瘙癢感在體內散開，手指的輕插慢抽已經讓季婉食髓知味了，被闞首歸抱著轉過身時，明光下，她看見他的陽具貼上了她的腿間，那般灼人而巨碩。

「淌了這麼多水，餓了吧？別急，等會兒我再多餵些給妳。」

陷入狐裘中的季婉早已無力抵拒，大腦暈脹，溶著水光的美眸情迷，等待被填充的甬道似火山般噴著熱浪，無暇再去想方才的一切。

比她手腕還粗些許的巨柱挺立怒張，塗抹了蜜液的肉身濕亮赤紅，傘狀的肉頭率先頂入了穴口，脹得她眼淚簌簌直落，一口氣還沒吸完，就被猛力貫穿了。

「真緊。」

身體最私密的地方被男人充滿，那可怕的重搗，頂得季婉瞪大了眼，張闔的小嘴很快就只剩破碎的呻吟了。

第五章

軟肉疊繞，水嫩緊致，每一處都是叫人斷腸的銷魂。

闞首歸插得太深了，圓碩的肉頭甚至撞開了宮口，透著水液的緊裹像是被奇異的小嘴吸住了一般，忍不住低喊出聲，扣著季婉發抖的柳腰，更殘忍地操弄起來。

每一次都是最深入的交合，柔嫩的穴肉被重重地來回摩擦。

「啊啊啊！」濕熱的肉壁被膨脹的巨物頂得痠麻，季婉失聲叫著，劇烈的顫動中，她抓住了闞首歸下沉的肩頭，手指在他健碩的後背上留下了道道血痕。

他更粗猛地衝撞著，令她小腹都凸起了一塊，那抽動的痕跡讓男人血脈賁張，退出半分的巨棒擠入了宮頸，強硬的胯部撞得季婉恥骨生疼，雪白的腿心卡在他的腰間，發紅得可憐。

欲望與火浪交織，即使再不曾動心，季婉也抵抗不了男人帶給她的快感。在他的身下，沒有溫柔可言的肆意操弄，拍擊的連綿叫喚發軟發媚。

浸著水的嫩肉失常排斥，肉棒深插越快，得到的銷魂便越發蝕骨，沒有絲毫隔閡的肉體碰撞，擦得肉欲火熱蕩漾。

青筋凸起的赤紅肉棒又一次撞了進來，緊貼著季婉的陰戶，餘下兩顆濕透的陰囊不得入內外，他極度地填充到了很可怕的境界，牽著季婉發軟的手兒放在她的小腹上，闞首歸挺直了腰桿，慢了抽插的速度。

「阿婉還餓嗎？」

他的呼吸都充斥著爽快，季婉自然也不例外，一翻一顫的陰唇間淫液飛濺，腹中發疼發癢，生出了幾多快慰的歡愉電流，刺激得她從頭到腳都麻了。

「唔……太多了，出…出去……嗚！」

潮湧的熱浪起起伏伏，隨著闞首歸霸道地頂弄，強烈的生理反應讓季婉發暈，弓起的纖腰跌下，扭動的屁股顫抖，美眸間水光渙散，明顯要承受不住這排山倒海的激烈了。

抽插的拍擊聲更響了。

高潮的快感直上雲霄，泄身的剎那，女人呈現的嬌豔是歡愉至極點的，一雙勻長的玉腿緊緊纏在男人腰間，契合的私密處貼得天衣無縫，高潮的痙攣一陣襲來，紅唇中逸出的嫵媚哀婉也漸漸弱了。

「嗚唔……」

粗大的肉棒抵得太深，嫩肉顫慄的律動逼得闞首歸用力抱緊了季婉，肌膚緊密相貼，便是耳畔近乎哭泣的暢快低吟，都如夢似幻般美妙。

「妳是我的，永遠。」

吻著她汗濕的粉頰，嫣然的櫻桃色誘的他唇齒生香，健壯的脊背微微浮動，結實的窄臀又緩緩抽動起來。

「不、不行了……啊……難受……」季婉無助地哭著。

歷經了駭人的高潮，四肢百骸麻得不剩半分力氣，整個人籠罩在強大的男性氣息中，不停息地填充進出，令她又湧起了排泄的衝動。

闞首歸輕輕一笑，蒼勁的大掌下移，撫弄著高隆的雪白玉筍，點在乳尖時，胯下的嬌軟便狠狠一顫，陰道裡猛然的夾縮吸得他脊骨發麻。

「難受嗎？再多插一會兒，大抵就不難受了。」

他咬住了她的耳朵，玲瓏小巧的耳垂軟得很，手心貼在微潤的纖腰上一握，退出幾寸的巨柱開始了最後衝刺，又重又狠的搗弄令身下蜜穴直噴水，錦衾一片濡濕間還有小團的白沫液體。

「啊……啊啊！嗯嗯——」

委實受不住那要命的激烈，季婉被撞得頭暈目眩，積累起的快感聚於體內最軟處，而闞首歸實實地一次搗在上頭，頂得她失聲大哭起來。

肉欲的狂潮澎湃，一波又一波地將男歡女愛的淫樂詮釋淋漓，讓橫生的妙味入骨。夾顫的肉壁過分濕滑，緊裹著抽動的巨柱，泌出的水液在瞬間被磨成了黏液，大起大落的衝擊不斷。

「都餵給妳！」極樂中，他暢快地低吼出聲。

龐大無比的肉柱如生根一般頂入了宮頸，滾燙的大龜頭抵著越來越窄的徑道，一番猛力擠弄碾壓……濕滑淫嫩的膣肉纏著棒身又一次劇烈收縮、緊吸。

濃濃滾燙的熱流噴湧在小腹深處，幽窄的宮壁顫慄，季婉哆哆嗦嗦地暈在了闞首歸身下，好半晌才恢復意識。

不曾饜足的男人，再次將蓬勃的碩大插入了嫣紅的小蜜洞中……

一夜春情無眠，晨間季婉醒來時，意外發現闞首歸竟然還在，她赤著身子伏在他的胸間迷糊，炙熱的男性肌膚灼手，愣了好幾秒，她才驚呼著捲著狐裘滾到了大床內側。

如此一來，闞首歸卻是不著片縷了。

「這會兒倒是有力氣了，要不要再繼續？」闞首歸側身朝向了季婉，單手撐著腦袋，凌亂的卷髮不曾影響他的俊美，反添幾分慵懶的霸氣，眨動的碧瞳裡浸了柔柔情愫。

季婉蜷縮在狐裘下，一身痠疼得厲害，腿間隱約滲出了大量液體，玉容漲紅著直搖頭：

「你別亂來……咳咳！」

昨晚連番的劇烈運動，以至於她說話都費力，嗓子相當嘶啞難受。

闞首歸逼近了幾分，腹下挺立的巨碩再一次展示了他的雄偉，甫伸出手來，想摸摸季婉的頭，未料她嚇得整個人躲進了狐裘裡。

「好了，逗妳玩罷了。」

他笑得愉悅，季婉信以為真，將臉從白絨中探了出來。豈料闞首歸說變就變，毫無防備地伸手扯開了她身上的遮擋。

「啊！騙子！不要啊……」

床幃間的金紗帳幔猛動，還待驚呼著，季婉就已經被拽到了他的身下，雪白的奶團搖晃，一身暗紅色的吻痕比昨夜更明顯了，曼妙的玉體微顫，緊閉的雙腿被扯了開來。

「別怕，只是看看傷著沒。」闞首歸揉了揉她的臀部，狀似安撫般輕緩了動作。奈何季婉過分緊張，紅腫的花唇甫一撥開，大團的濃液便從不可見的嫩洞裡湧了出來，染得她腿根處一片濕滑。

男人的呼吸明顯一窒，握著她小腿的手發緊了。

很快，季婉就知道，男人的話是不可信的。

「啊！你說了只看看的！出去……嗚！好脹！」

就著殘液的滋潤，粗碩的肉柱暢快地盡根沒入，將叫喊不住的季婉抱上腿間，制住她小幅度的掙扎，闞首歸便低喘著吟道：「只看不吃，我會憋壞的。」

說罷，便含住了季婉緊咬的殷紅嫩唇，深入地吻吮纏綿，連連嬌弱的嗚咽傳來，似抗拒、又似歡暢。

第六章

一連幾日，季婉都不曾離開寢殿，便是再忙，闞首歸也將大半時間留在了她這裡。短短時日間，彼此倒是更瞭解了幾分。

桌案上的湯茶已涼，瀰漫的雪蓮香也淡了，季婉撐著下巴靜靜看著窗外近乎凋謝的雪柳，姣好的眉間含著淡淡的倦怠嫵媚，不知在想些什麼，以至於連身邊何時多了一人，都不曾察覺。

「這幾日巴菲雅怎麼不來了？」

闞首歸赤著腳盤腿坐在她身側，隨手丟開頭上繁重的王冠，也不管那湯茶涼否，取過季婉的茶杯一飲而盡。

「她說不得空，過些天再來。」季婉隨口打了馬虎眼，昨日闞平昌使人來遞過話，說是在想辦法弄到玉珮。

闞伯周「病重」後，高昌的政務自然由闞首歸接管，不過前日起暗傳王儲已定為闞義成，那人也一個勁兒興風起浪爭奪權益，闞首歸索性讓賢，抽出更多時間去準備兩人的婚禮。

「喜服明日便能送來。」

握著季婉的手，軟綿無骨的細嫩讓闞首歸心中某處都陷落了，他迫切地想看到她穿上喜服的模樣，那是只為他而展現的美。

忽而指間微涼，季婉低斂的眸倉促抬起，只見闞首歸正將一枚戒指戴上她的無名指，赤金指環輕緩滑過指腹，幽幽翠綠的寶石古樸又華美。

「這是她留下的唯一信物。」

他母親留下的？她驚疑地望著他，平日陰沉冷厲的眼睛，竟帶著無比認真，這樣的神情讓她沒來由地一慌，心中本就不平靜的思緒更亂了。

阻止了季婉要將戒指拿下的舉動，闞首歸摩挲著那枚古物，顯然察覺到了她的抵觸和無措，說不出的失落讓他發笑，不自禁地輕輕說道：「其實，我不知道怎麼才算是愛，但是唯有妳，讓我這裡變得很奇怪。」

他帶著她的手來到了胸前，那是心臟搏動的最明顯處。

這種感覺他難以言述，跳動加速、血脈亢奮，從見到她第一眼起，他就感覺到了。

不過他似乎做了很錯誤的事，以至於他動心了，她卻處於被迫。

季婉咬著唇，眼前有些模糊，但是男人的眼睛璀璨如晨光，其中的情與柔讓她害怕又覺得可笑。

「是，我是強暴了妳、囚禁了妳，甚至自私地不想讓妳離開我的視線。季婉，妳可以唾棄我的本性卑鄙，也可以說我無恥惡劣，但是請不要視我為痛苦的本源……這樣，我會發狂的，我只是……」

闞首歸清晰記得往日季婉的痛斥，人人都說他冷血無情，現在他動情了，想用心去愛，才發現報應來了。

婚期將近，她未露半分喜色，闞首歸是最清楚不過的了。可惜要他放手，那更是不可能的事，他只能用時間來彌補對她的傷害，只要她願意留在他身邊，他什麼都可以做。

「原諒我。」

霸道如闞首歸，前半生從不曾說過的話，今日全說了。在季婉面前，他的高傲、優雅、沉穩早已潰不成軍。

自始至終，季婉都不曾言語半句，微紅的眼眶洩露了她的憤懣無助，面對這樣的闞首歸，心不受控制地悸動著。

雪柳將敗，萊麗知道季婉喜歡這花，就去折了些回來。

季婉坐在窗前的地氈上，拿著小金剪一下一下地修理著花枝，無名指上的戒指已經戴了一天一夜，而闞首歸的話卻時刻在耳。

闞平昌好幾日沒來，一是忙著想方設法從阿依娜處取玉珮，二是因為王兄的婚期將近，她卻在絞盡腦汁幫新娘子逃跑，越發心虛起來。

今日一來，她就拽著季婉往外走。

「婉姐姐快些，難得阿依娜今日沒戴那東西，我實在是沒法子了，只能出此下策！」

季婉來不及放下的雪柳枝落了一地，緊跟著闞平昌的腳步到了阿依娜的寢殿，所謂下策自然是最無奈的辦法。

蹲在窗下，季婉滿頭熱汗，眼看著阿依娜帶著侍女走遠了，兩人才淺淺地鬆了口氣。作為一個從小到大都是父母老師眼中的乖乖女，偷東西這種事，季婉還是第一次做，儘管那東西曾是她的。

「平昌……」

眼看闞平昌起身要往窗子裡翻，季婉拽住了她的裙角，未料那丫頭活躍得很，翻過去不說還抓著季婉催她快些。

「沒有人的，婉姐姐妳快進來，鬼曉得阿依娜什麼時候回來，今日必須找到妳的東西！」

距離婚期越來越近，沒有時間了。季婉牙一咬，跟著翻了進去。

阿依娜是未來的二王子妃，寢殿自然不小，本以為要花費一番心思，不料那嵌著玉珮的項鍊就擱在梳妝臺上。

「在這裡！」季婉低呼了一聲。

那是她戴了十幾年的東西，也是她從現代帶來為數不多的物品，失而復得，自然是欣喜地難以言語。

在闞平昌湊上前時，她匆匆伸手想拿起玉珮，不料一陣刺眼的白光乍現！

「啊！」

白光很快就消失了，闞平昌揉著刺疼的眼睛，只見季婉呆怔地站在梳妝臺邊，心中赫然震驚，方才那一幕太過神奇了吧。

「婉姐姐方才那是……妳怎麼哭了？」

季婉卻一把抱住了闞平昌，邊哭邊興奮地喊著：「我可以回家了！我馬上就可以回家了！平昌，謝謝妳！」

那是近乎瘋狂的欣喜，白光乍現時她看到了一行數字，那是她能回家的時間！曾經，她以為自己再也回不到現代、再也見不到親人了，沒想到天無絕人之路！

「平昌平昌！我真的可以回家了！」

闞平昌心中卻是極為複雜，看著季婉小心翼翼地捧著玉珮、又哭又笑的模樣讓人心酸又欣慰。她直覺，季婉口中的家，比她以為的北地盛樂還要遠。

她走了，那王兄又該怎麼辦？

拿到了玉珮，自然不能再多留於此，兩人去了闞平昌的寢宮，這東西季婉是不好藏，只能暫放在闞平昌身邊，季婉再三叮囑著：「這是我唯一能回家的機會了，平昌拜託妳一定要好好看管，千萬不能被妳王兄看見。」

那日阿依娜戴著這枚玉珮，闞首歸也見過了，他那樣聰明的人，若是瞧見，必然會有所察覺。

闞平昌看著那枚平淡無奇的玉珮，從季婉的言行得知，她想要回家只需要這枚玉珮，甚至連王庭都不用離開，她的家究竟在哪裡？

「婉姐姐，妳回家以後，我們還能再見嗎？」

季婉的目光終於離開了玉珮，看著怯怯探究的闞平昌，她的笑容微凝。一旦回去，這裡的人和物怕是只能永存記憶，原本雀躍歡喜的心，此時也有些說不出的難過了。

「我會永遠記得妳的，平昌。」

「那王兄怎麼辦？他要是再也見不到妳了，他會瘋的，王兄遠沒有我想的那麼強大，他也是凡人，他也會難過，婉姐姐妳真的忍心離開嗎？」闞平昌著急了，甚至開始有些後悔了。

「平昌，我不想隱瞞什麼，剛才的光妳也看見了，這世間有很多我們不能解釋的事，就比如我的家，它並不在盛樂，甚至是一個妳永遠無法想像的地方。我必須回去，我還有父母、朋友，他們都在等著我……」

「難道妳就真的一點也不喜歡王兄嗎？」

闞平昌失望了，季婉搖頭的回應幾近決絕，看似柔弱的她，內心卻是無比強大，一旦堅定信念，怕是誰都改變不了。

「如此，我會藏好玉珮的，我說過會幫妳回去，自然不會食言。那婉姐姐可以告訴我，妳打算什麼時候走嗎？」

因為信任闞平昌，季婉也就沒有隱瞞方才看到的時間，神色微沉。

「是下月初八，子時。」

「初八?!那豈不是……不行！」

大王子闞首歸大婚的消息早已昭告高昌，定下的時間正是下月初八。

第七章

因為闞首歸挑剔的性子，季婉的喜服是改了又改，上百名繡娘日以夜繼地趕工，終是做出了讓闞首歸滿意的喜服。待季婉最後一次試穿時，距離初八只剩五天了。

集諸多心血製下的裙裳華美無雙，大紅的豔麗著身，踏著明光輕轉的季婉在闞首歸的眼中漸漸化作了一縷抓不住的光，也不顧闞平昌在旁，長臂一伸將季婉緊緊扣入懷中。

「真美。」

季婉略施脂粉的臉上浮起了紅暈，如何也解不開闞首歸環在她腰間的手，只能任由他越抱越緊，耳邊殷殷切切的話語不斷，令她惶惶不安。

「快放開，平昌還在呢。」

不能放開！不知為何，這樣的話語千萬遍穿透著闞首歸的心，好似一旦鬆開了手，他就再也不能擁她入懷了。

薄唇在她的額間落下輕吻，像是在烙印又像是在安撫，著實忍不住，季婉抬腳踢在了他修長的腿間，不曾穿鞋的赤腳並沒多大威脅力，卻足以讓闞首歸清醒。

「王兄，婉姐姐還沒穿鞋子呢，你快鬆開她。」

闞平昌喚了一聲，萊麗就端著托盤過來了，上面新制的繡履也是喜慶的大紅色，樣式倒與漢家有些相似。

闞首歸這才收回了手，緊接著的動作卻叫眾人傻眼了。

他竟然直接拿過那雙鞋，單膝跪在季婉腳邊，白皙的長指輕輕撩起她繁複的裙襬，捧著鞋子小心地往白嫩蓮足上套去。

「王兄！」平昌見鬼般驚呼。

季婉也同樣詫然，看著男人垂下的頭，她攥緊了手中的長袖，只覺得握著腳踝的手掌燙得她肌膚都疼了。

穿好了鞋子，闞首歸又溫柔地整理好裙襬，抬頭的剎那，碧綠的眼眸裡都是滿滿的寵溺，貫是冷冽的聲音也軟了：「好了，走一走，試試合不合腳。」

離大婚還有四日，季婉遇到了闞義成。

彼時高昌王的密詔已經宣出，他越過大王子闞首歸成為了王儲，怕是過不了多久便能稱王了。

他是一個善於用表像偽裝一切的人，攔住季婉時，俊雅的臉上寫滿了愧疚和真摯，但孰知真假？

「阿婉，我知道是妳拿走了玉珮，所以我讓阿依娜不用再查。」如碧的樹蔭下，闞義成苦澀地笑了笑：「妳說過那是妳回家的信物，我本來還打算幫妳拿的……那次是我太衝動了，對不起。」

闞義成這人隱藏得太深，之前的事就給了季婉一個教訓，她不敢再信他了。直到他最後一個字說完，季婉就帶著萊麗，毫不猶豫轉身離去了。

「妳真的要嫁給王兄嗎？」

回應他的，只有吹落花枝的燥熱秋風。

闞伯周將死，闞義成亦將稱王，若是按照歷史走向，一年後便是闞首歸嗜血奪位，而阿伏至羅也該正式出場……季婉惆悵不已，看著身側與大王妃歡笑盈盈的闞平昌，還有殿中載歌載舞的少女們，都將埋葬在這個神祕的時代，或許她們連隻字片語都不會留下。

「婉姐姐，母妃問妳喜歡這些禮物嗎？」

闞平昌推了推季婉，華麗的殿閣中笙樂正歡暢，待季婉回過神時才發現阿卓哈拉王妃正在看著她，微眯的鳳目和藹笑著。

「喜歡，多謝王妃。」素指滑過諸多寶物中的一枚血玉，透得殷紅，紅得灼眼。

見季婉流連那塊血玉，闞平昌嘟著嘴，豔羨不已：「可別小瞧了這東西，聽說有千年歷史了呢。母妃可真是看重妳，如此寶物都送出來了。」

「巴菲雅，婉娘即將是妳的王嫂，不可玩鬧。」大王妃如此說著，唇邊浮起的笑卻是雍容莞爾：「大婚在即，我觀阿努斯似變了一人般，果然動了心，再是強大的男兒也是要變的。」

季婉面色微暗，闞首歸對這場婚禮的用心是前所未有地重，如他所言，要給季婉最隆重的儀式，可越是如此，季婉越是不好受。

初八子時她走了，闞首歸會怎麼樣？

「阿婉改變了阿努斯，以前的他不知情愛過於冷酷，誰也猜不透他，他太孤獨也太可憐了，以後有妳陪他，我便放心了。」大王妃嘆息著，約莫是真的欣慰了，看季婉的目光也比往日更加不同。

捏著珠串的闞平昌最是清楚其中情況，看著低頭不語的季婉，她心中的糾結越來越濃。

闞首歸用身軀壓住了身下女人的掙扎，曲線有力的窄腰起伏大動，肩頭嬌粉的玉容便緊皺著柳眉，細弱低嗚，連番的粗猛填塞，他徹底剝奪了她的一切。

「阿、阿努斯……輕點！」

一隻手平移到她的臀後揉捏，張開的盆骨迎合著他的搗撞，濕滑的淫潤豐沛，身下的肉柱如同頂入了蜜裡一般，深插時嫩肉緊縮，淺操時媚洞吸嘬。用另一隻手托起她的臉頰，沾著情液的手指輕輕摩挲後，他低頭吻上了那嫣紅的嘴唇。

「我喜歡聽妳這樣叫我的名字。」

哀婉、淫媚、難耐、哭泣……他在她的身體中進出，力氣大得有些粗暴，龜頭搗弄花心，棒身扯拽著肉壁，不容抗拒的激狂滋生了戾氣。

緊繃著快慰的身子，季婉緊緊抓住了闞首歸，嬌促地喘息著，失去理智的美眸中是歡愉的熱淚，巨碩的陽物脹得她欲仙欲死，如上雲端。

「啊呃……不、不要了！」

她在他的懷中哭著，在他的胯下濕著，多麼美妙。

混合的淫邪聲響在金帳中越來越重，赤條條交疊在一起的兩具身體已是不分彼此，狂風暴雨般的操弄過分迅猛，欲望的粗重喘息和女人痛苦的低低呻吟，將這個夜再次渲染得靡麗不堪。

「妳要的，妳要永遠這樣在我的身下……妳是我的，我也是妳的，我會讓妳一直這樣舒服，好不好？」碧瞳微瞇，他朝身下的人笑了笑，動人心魄的俊美，抱著豔冶纖細的玉體，一次次地深埋她體內。

太粗、太快……這樣的急烈刺激得季婉快瘋了，雪白的乳波晃動，撐起身子的闞首歸將她的雙手箝制在頭頂處，居高臨下地操弄著她。

「阿婉，還有什麼事在瞞著我嗎？」

纏繞緊縮的膣肉酥麻一片，鋪天蓋地的肉欲熱浪讓季婉神志不清，只這一瞬間，她卻從闞首歸的眼中看見了濃濃的陰鷙，她刹那驚慌，他卻趁機用龜頭撞開了泌水的宮口。

「啊！」

她尖呼著蜷緊了珠圓玉潤的腳趾，零亂的意識得不到重組，只能在翻湧的欲海狂浪中失控高吟。

巨棒拍擊著淫水飛濺的蜜洞，闞首歸忽而俯下身去，抵住季婉的唇，熱情急切、瘋狂地開始吸吮侵蝕。

起伏的力度更大了，顫慄的肉壁水液漫流，不斷地撞頂肆意，霸道地貫穿她的體內，帶著悶響的啪啪聲都是難分的淫膩，細幼的花徑失常縮動，致命的快感迅速擴散。

「阿婉，愛能讓人成魔的……」

第八章

濃稠的精水灌滿了季婉的子宮，堵在裡面的圓碩龜頭輕碾軟磨，抵得她高潮不止，盈滿的鼓脹微動，豔麗紅唇中的嬌喘更急了。

穴口宮內的緊縮，夾得闞首歸肉柱發疼，碧眸中翻湧的情欲癲狂，粗喘著俯身舔舐她粉頰上的淚水，一連串的淚珠昭示著她此刻的莫大快慰，迷離的極樂迴旋餘韻。

「季婉……」

低啞的聲線沉悶又充滿了誘惑，一聲聲的呼喚中，他從她體內退了出去，嫩肉外翻，扯得蜜液肆流，嗚咽從身下傳來，癱在身側的一雙玉腿劇烈痙攣。

「啊！疼……別、別出去……嗚！」

往下看去，紅豔豔的陰唇含緊了即將抽離的肉頭，青筋畢露的棒身上散著絲絲熱息，大團的白沫滑落，闞首歸呼吸一窒，終是掐著季婉雪白發紅的腿根，一鼓作氣地離開了。

簌簌湧溢的濁液在小口縮回前，汩汩噴出，淫膩的味道充斥鼻息。

穿過層層紗幔，赤金的燭臺上排排明亮，金壁間置下的夜明珠亦是散著溫潤的螢光。須臾，只見身量峻拔高大的男人，裸身抱著同樣赤裸的女人從帷幕中走出。

「要去哪裡？」季婉似無尾熊一般掛在闞首歸的胸前，雲錦雪綢的霜肌玉骨微顫，軟綿的聲音裡透著驚惶。

闞首歸悶笑著，大步間雙手扣住她不斷下沉的粉白小屁股，指腹深陷在細嫩的臀肉中輕捏：「妳不是喜歡星河嗎，今夜星辰正美，出去看看吧。」

「不要……別走了，都、都淌出來了！」

季婉漲紅了臉，情欲渲染的嫵媚風情流露，她用雙腿環著他腰身，玉股被分開，前穴自然也張開了，不久前才由著他餵進肚子裡的液體，這會全滑過甬道，一股股地往外湧，稍稍低頭往下看，爍亮的地磚上都留了痕跡。

太羞恥了。

闞首歸偏不停下，甚至拍了拍她扭動的屁股：「流出來也好，可以繼續餵妳。」

明月星辰正好，他自然是不會真的抱著她出去看，內殿的西側有三尺高的望臺，一金一白的輕紗在夜風中微揚，將季婉轉過身壓在桌案上，一抬頭便能看見繁華星空。

「喜歡嗎？」

高昌的夜微涼，爬俯在更加冰涼的檯面上，季婉冷得哆嗦：「太冷了，回裡面去吧。」

按下了她挺直的纖腰，闞首歸從後面壓了上來，強壯的男性軀體滾燙，濡濕的大舌游移在顫慄的肩頭上，吮著柔嫩的肌膚，他發出了變態的滿足低吟：「無妨，很快就會熱了。」

他的壓制有著不可抗拒的意味，季婉有些懼怕，抓住他揉捏著胸間的健碩手臂，她顫巍巍地將耳朵從他口中逃離：「你正常點！」

偏離內殿的這一角光線微暗，只憑藉著朦朧月色能看清她的嬌豔玉體，闞首歸冷哼一聲，用另一隻手探入了季婉濕淋淋的腿間，摸了摸又恢復神祕緊致的小洞口，害她忍不住急促低喘。

雙指擠入甬道，淫膩的溫熱傳來，摩挲著內壁的嫩肉，他用力攪動著。

「啊啊！不要不要！」季婉連連哀求，在他身下掙扎不止，水潤的聲音不斷從穴內傳出，酥麻的快感又來了，她急得想夾緊雙腿，卻被他用膝蓋頂開。

攪動的力度時輕時重，生了薄繭的指腹清晰摩擦著每一寸肉壁的褶皺，堵塞在深處的白液似是尋到了出口，一時間，被手指插開的玉門花洞，熱液直從顫抖的玉腿往外淌。

「唔嗯……啊……停、停下……呀……」

身後的男人牢牢將季婉鎖在桌案間，強迫抬起的下身在他的掌中又一達到高潮，雙指翻弄，膣肉急縮，她咿咿呀呀的嬌媚呻吟亂得可憐，嫩白的蓮足勉強點在淫水滴落的地上，很快就軟得站不住了。

雙指抽離的瞬間，吐著熱息的蜜洞便迎來了壯碩的巨物，大肉柱一抵入內，便是狠狠地重搗，撞得季婉俯趴的身子大震，還來不及尖叫，一股熱流從穴口緊連的另一處神祕地噴了出來。

「阿婉怎麼了？弄得我腿都濕了，這是什麼？」男人揶揄著親吻她滾燙的臉頰，那深深一插後，他就停在了她體內，似乎恨不得永遠連在一起。

不似蜜液的黏稠，順著兩人大腿噴流的液體又熱又多，生理排泄的暢快和恥辱感折磨著季婉，幸而此時大腦空茫一片，含住闞首歸的陽具，她將享樂放在了第一位。

「啊……好舒服！」

肉欲的極樂蝕骨，積壓的快感在不斷噴泄，小腹最空虛的深處被硬物填充，這一切都如夢似幻地銷魂。

內壁被擠開的稚嫩媚肉顫縮，闞首歸還在往深處插入著，緩緩地磨動，最是直接地受著季婉此時的快樂，聽著她滿足的淫浪，燃著烈火的下腹瘋狂叫囂起來。

「還有更舒服的，阿婉想要嗎？」

傘狀的肉頭在磨頂痠疼的宮口，雜亂的癢讓季婉不安，直覺告訴她不能再沉淪，可是男人輕緩的抽動過分溫柔，讓她本能地挺起了腰，將小屁股貼近了他堅硬的胯部……

一夜放縱，清晨季婉腰疼得厲害，懨懨地俯在凌亂的錦衾中，看著侍女們為闞首歸換上長袍。

他又變回了那副倨傲冷峻的樣子，讓人畏而遠之。

「都是我在動，怎麼妳還難受成這樣？」他大步走來，未戴王冠的微卷黑髮鬆散在白皙的額前，碧眸邪肆，大掌輕捏著女人細軟的腰肢，聽見季婉輕嗚了幾聲，就立刻撤開了。

他是饜足的神清氣爽，她只覺得全身都不舒服。

「這幾日好好休息，大婚之夜……」

闞首歸的話還不曾說完，季婉就撈過新取的錦被蓋過了頭際，不再理他。

這樣撒氣的舉動只換得闞首歸一聲輕笑，隔著薄被摸了摸她的頭後，起身離開。

他一走，季婉便緊跟著起來了。不知為何，近幾日總覺得心裡很不踏實，而這種不安大多源自懼怕。

第九章

「這次大婚可是最隆重的，我還是第一次見王兄如此上心一件事……婉姐姐妳就沒有半分高興嗎？」

季婉撫摸著手中的玉珮，確定完好無損也沒捨得放下，這是她唯一能回家的機會了。至於闞平昌的話，她只淡淡地搖了搖頭。

因為不曾抬眸，也就錯過了闞平昌俏麗面容上的一絲扭曲。

說起來，這大概是高昌創國以來最盛大的一場婚禮，當年闞伯周迎娶闞首歸的母親時，還不是國王，等到後面稱王時，迎娶繼王妃的儀式也只是簡單地進行了一番。

將近二十來年，終於等到了大王子成婚，排場自然是前所未有地奢靡。

高昌的婚禮說繁瑣也不繁瑣，若說簡單也不算簡單。

闞伯周祖輩都乃漢人，儀式大半還是遵從漢家禮儀，季婉現在一心只惦記著回家，內官與她詳說婚禮流程時，也只記下大概。

玉珮當日顯示的時間是子時，卻沒有給出詳細的時間，算算流程，午夜之時，她應該正和闞首歸共同接受著貴族們的祝讚。等到在神像前同飲合巹酒後，她才能被送回寢宮，而闞首歸則要繼續忙別的事。

「平昌，我回寢宮後，就勞煩妳立刻將玉珮拿給我，我不能錯過任何時間。」

季婉將計畫同闞平昌說了一遍，大婚時她身上穿戴的東西都是有紀錄的，不能將玉珮戴在身上，只能讓闞平昌另外送來。

沉吟片刻，闞平昌看著季婉指間的那枚綠寶石戒指，微微點了頭：「婉姐姐放心吧，我會把玉珮拿來的。」

初八那日，季婉才體會到什麼叫累。

婚禮是傍晚舉行，她卻從清晨就被挖起來，單是沐浴焚香都以時辰在計算，坐在水中都差些睡著了。

昨夜闞首歸也不知怎麼了，硬是拽著她坐在外面的觀星臺上，吹了大半夜涼風，還說了一些奇奇怪怪的話，後來她實在撐不住，就在他懷中睡著了。

「娘子先吃些東西墊墊肚子吧。」

萊麗端了一碟點心來，侍奉在季婉身側的幾位夫人頓時冷眼看來，嚇得萊麗手都在顫。

季婉卻毫不理會，撚了一塊花蜜糯米糰子進嘴裡。

「萊麗，謝謝妳。」季婉小聲說著。

「王子妃，神聖的沐浴時刻是不可以吃東西的，也請您不要再說話，請繼續看著天母的神像，我們都在為您祈禱。」

這是高昌的古老規矩了，少女出嫁時需裸身沐浴，同時邀請德高望重的長輩在一旁，共同向女人們的守護神天母祈禱，祈禱的內容無外乎夫妻和睦、瓜瓞綿綿。

換喜服上大妝時，阿卓哈拉王妃也來了，季婉髮髻上的第一根簪子須由她來插上。

理了理細碎的鬢髮，大王妃將季婉腦後的金簪穩了穩，看著鏡中並沒有多少笑意的少女，她柔聲說道：「哪個女子不盼著能有今日？婉娘開心些，阿努斯遠比妳所想的還要愛妳。」

對著鏡子，季婉看著那些時刻注意著她的夫人們，突然勾唇笑了，她確實有值得開心的事。

今晚，她就能回家了……

她這一笑，百媚嬌美頓生，一屋子的女人都瞧直了眼，須臾一陣竊竊私語，唯獨站在季婉身後的阿卓哈拉王妃皺起了眉頭。

臨近午時才妝畢，所有人退下，前些時日為季婉教授禮儀的夫人前來。

「今夜王子妃將與大王子行夫妻之禮，房中性事也由我來替您講解，請仔細觀看。」

季婉猝不及防輕咳了兩聲，隨意掃了兩眼圖文並茂的書冊，上了顏色的繽紛畫像交疊，男女的姿勢不重樣地變換著，連下面相連接的地方都畫得栩栩如生，淫邪又不失美感。

「敦倫之樂遠不止於此，身為妻子務必使自己的丈夫快樂，接下來我將……」

看著那位夫人打開了另外送入的箱子時，季婉臉都黑了，難怪要空下半個時辰來，不止是圖片，竟然還有道具教學！

好不容易挨過了這半個時辰，倉促地吃了東西墊底，季婉就被披上紅頭紗送出了大殿。

今日熱鬧非凡，前殿早已載歌載舞，人群簇擁著季婉到了前殿的廣場上，高臺中央的御蓋下，紅色錦緞鋪滿了錦氈，闞首歸早已跪坐在其間。

「王子妃慢些過去。」

喜服繁重，幾位夫人攙著季婉上了高臺，接下來的幾個時辰裡，她都要和闞首歸一起坐在這裡，直到傍晚婚禮開始。

滿目都是豔麗喜慶的大紅色，廣場上早聚起了人，飲酒歡暢，笙歌起舞，以慶祝大婚。

季婉認識的人不多，如闞平昌與大王妃俱是坐在近處，還有喝著悶酒的闞義成……側目看了看身邊的男人，正裝的他相當俊美不凡，薄唇側始終含著一絲愉悅的笑意，顯然是心情極好。

他似乎察覺到了季婉的注視，碧色的眸也跟著看了過來，緊接著，便悄悄握住了她的手。

溫熱乾燥的手輕輕地捏了捏她僵直的五指，忽而，高大的身影往她這邊傾來，綏帶上的諸多寶石剎那流光溢彩。

「這輩子只累這一次，忍忍吧。」

幸好整個過程中是可以進食用水的，實在頂不住了，季婉就招了人來，到後殿去休息一下。

沒想到闞首歸也跟著過來了，撿起被她丟棄在桌上的頭紗，唇角微揚。

「你怎麼也來了，外面……」

「無妨。」闞首歸說著，就坐在了季婉身邊，不大的軟榻被他一坐，瞬間變得擁擠了。

見狀，為季婉揉按著腰的萊麗立刻退開，闞首歸倒是很自然地接下了這個工作，替她捏起了腰。

緩了幾分的力，終於讓季婉能正常地喘口氣，這身喜服過重，頭上的華冠更重，整個過程還得挺直了腰桿跪坐，無異於一場大刑。

「好了，讓她們來吧，你快出去。」

為了能讓自己可以多輕鬆一會兒，季婉只能推著闞首歸上前頭去頂場。

闞首歸卻順勢抱住了她，幽深目光流連在她妝容精緻的面上，明明是帶著笑意的注視，季婉卻覺得有些毛骨悚然，掙了掙腰間握著的大掌，她驚促地躲避著他的視線。

「今日妳我大婚，便是名正言順的夫妻了，往後生兒育女，待到百年之後，也要合葬一個棺槨。」

類似的話他昨夜也說過不少，季婉疑心他是不是知曉了什麼，可是他又表現得很正常，她只能將那份膽戰心驚藏了起來。

最後兩人一同攜手去了前面，傍晚暮色降臨，廣場上燃起了篝火，天際煙火絢爛，婚禮正式開始了。

整個過程季婉都是暈的，被人扶著拜這拜那，滿耳都是半生不熟的高昌話，持續到最後的祝贊時又飲了幾杯酒，因為擔心時間的問題，不得不清醒了幾分。

期間，闞平昌也曾上前敬酒，季婉暈沉沉地看不清她的神情，只聽見她在說話：「祝王兄與王嫂白頭到老，多子多福。」

闞首歸笑著應了，飲了她敬來的酒，連帶季婉的那杯也一併喝下，卻不見絲毫異狀。

祝贊禮儀完畢後，大婚算是正式完結，季婉被夫人們簇擁著回喜殿，人群茫茫，她再也沒看到闞平昌的身影，只當她是去取玉珮了，便著急回到寢殿。

「什麼時辰了？」

身邊的萊麗回了她：「約莫快要子時了。」

將所有人都打發了出去，季婉倉促地換了一身較為輕便的衣裙，其間闞平昌卻並不曾出現，子時二刻到了，季婉的心開始忐忑起來。

不對不對，按照約定，闞平昌應該早就來的。

「王子妃您怎麼將喜服換掉了？」守在外面的萊麗看著季婉這一身裝束出來，嚇得直說：「您快換回去吧！」

季婉卻抓住了她，焦急說道：「萊麗，去找巴菲雅公主，快去，找到就讓她來我這裡！」

「是。」

不料，萊麗這一去又是久久未歸。子時四刻了，一個時辰已經過去了一半，季婉再也坐不住了，推開殿門，準備自己去找闞平昌。

「穿成這樣是要去哪裡？」

微微冷冽的男聲在背後響起時，季婉的心已經沉入了谷底，僵著背緩緩轉過身，看著此時不該出現的闞首歸，她好半晌才找回了聲音。

「你不是該在……」

闞首歸似笑非笑地扯了扯唇角，目中的陰沉淹沒了白日裡的溫柔：「我該在哪裡不重要，重要的是……阿婉，妳要去哪裡？找巴菲雅嗎？」

季婉呆呆地搖了搖頭，那顆雀躍期盼著回家的心，這會已經被恐懼填充，看著他一步步逼近，似有一雙無形的大手扼得她快窒息了。

「不、不是的……我只是出來看看，你……別過來！」

明明闕首歸什麼都沒說，可是季婉卻慌得不行，在即將被他的身影覆蓋時，她終於忍不住尖叫出聲，轉而就想從另一邊跑開，卻低估了那男人的速度。

長臂一伸，再往回用力一撈，她就被他半抱半拖著往殿裡去。

第十章

大殿裡燈火通明，到處掛滿了刺目的紅綢，闞首歸將季婉推倒在地，地間正是被她隨意丟開的喜服，千金難換的裙面褶皺，連同那戴了一日的華冠也狼狽地躺在不遠處。

「洞房花燭之夜，妳想去哪裡？」

高大的身形靜佇跟前，充滿了壓迫，季婉坐在衣裙中，緩緩往後面退著，後背抵上了冰冷的金壁，不安地抬頭看著闞首歸，他正饒富興致地欣賞著她大亂方寸。

「妳有時很聰明，有時卻又笨得可憐。」闞首歸走了過來，半蹲在季婉身前，白皙的長指挑起她額前散亂的碎髮，幽沉的碧眸中閃爍著毫無憐憫的殘忍，冷笑道：「沒人告訴妳，不要輕信於人嗎？」

季婉渾身發涼，手心裡更是冷汗一片，她顫顫地搖頭，卻無法抗拒心底冒出的答案。

「平、平昌……」她呢喃著，洗去脂粉的玉容倏地慘白。

闞首歸卻偏偏要戳穿她最不願聽見的事，不掩溫柔的目光凝視著她，吐出的話卻似萬千利箭般穿心：「巴菲雅是我的妹妹，阿婉妳覺得她應該站在哪一邊？」

已經是不言而喻的事，闞平昌終究選擇了自己的兄長。

「回家？我是妳的夫君，這裡便是妳的家了，妳哪裡也去不了……哪裡也不能去。」

闞首歸俯身吻住了季婉，而呆傻的女人很快就將他狠狠地推開了。

季婉惶恐地縮到牆角，不可置信地搖著頭，從牙縫裡擠出的字也僅僅是她最後的幻想。

「不會的不會的！平昌說過會幫我！你在騙我！」

漸漸的，她高亢的憤怒變成了細弱的喃喃，縱然是闞首歸不再言語，她也明白了自己有多蠢，事實是這個異世她唯一能相信的人，騙了她。

她渾身顫抖著，驀然伸手抓住了闞首歸的手臂，死死掐著，瞪大了落淚的美眸，尖叫著：「玉珮，我的玉珮，你把玉珮還我！」

子時將過，錯過這次機會，她不知道自己還能不能再回去現代。

闞首歸毫不留情地推開了她，站起身時，便從懷中掏出了那枚玉珮來。輕撚在指中把玩，倨傲的眉間一股陰毒戾氣，唇際卻浮上一抹淡淡的笑。

「妳總是喜歡這樣將我的話忘在腦後。忘記了嗎？我說過我很壞的，想要留的東西留不住時，我也不知道自己會做出什麼事。」

他無疑是憤怒的，從闞平昌將玉珮交給他的那日起，闞首歸給了季婉一次又一次的機會，他害怕是他嚇著了她，便努力用最低的姿態、最深的溫柔去討好。

她是他的第一個女人，也是發誓要愛一生的女人，他將為數不多的耐心和真心全部獻給了她。殊不料，若不是闞平昌忍不住坦白，或許他滿懷欣喜地回到這個寢殿時，等待他的只會是一室空曠。

「你要做什麼？把玉珮給我！」

季婉手腳並用地站起，想去搶玉珮，此時的她將一切都傾注在了玉珮上，也不管實力懸殊，只想拚命搶回這個能讓她回家的東西。

「想要它？好啊，阿婉要的，我自然都會給妳。」

將玉珮放在了八寶嵌沿的桌案上，闞首歸抱住了季婉，將她扯到了身前來抵在桌案間，那枚玉珮就在她咫尺可觸手之處。

季婉伸手想去拿，闞首歸卻擒住了她，始終不讓她靠近。她急得奮力掙扎，甚至去咬他的手，直到口中血腥味瀰漫，他也不曾鬆手。

他在她耳邊沉沉呼吸：「阿婉喜歡我的血嗎？多吃點，或許等會兒就該我吃妳的血了。」

灼熱的氣息夾雜著不正常的話語，讓季婉又驚又怕，腹部被強行抵在桌案上，磨得生疼，口鼻間都是濃濃的血腥味，胃部翻湧的噁心往上衝，她鬆開了牙齒，卻什麼都吐不出來。

滴答、滴答……殷紅的鮮血從闞首歸的腕間滑落，綻放的血珠妖異，在明光下匯成一片猩紅。

「還有一刻鐘，子時便過了，阿婉會不會恨我不讓妳回家呢？」闞首歸絲毫不在意腕間翻出的血肉，那入骨的疼甚至讓他興奮。

她想騙他是嗎？現在，他就要告訴她，這樣的行為有多蠢。

季婉徹底慌了，急得大哭了起來：「把玉珮給我！求求你了！讓我走吧！我只想回家，求求你！」

箝制住她雙腕的手不見絲毫鬆懈，甚至抓得更緊了，闞首歸早已被高漲的憤怒燒盡了理智，他的失望、難過，只能用最無情的方式來發洩。

拿過桌案上的一隻三足的赤金小香爐，無視季婉的哭喊，拉過她的一隻手，強制著她同他一起握住了金爐的一邊，高高抬起時，他森森笑著。

「阿婉應該會恨我一輩子吧，無妨，只要妳是我的就行了。」

「你要幹什麼！求求你不要！」

季婉驚恐的尖叫響徹了寢殿，滿目的殷紅在扭曲，她眼睜睜地看著闞首歸握著自己的手，用金爐砸在了玉珮上，突然死寂的空氣冷凝。

玉珮已是四分五裂。

這一刻，他用最冷酷直接的方式，破壞了她唯一的曙光。

「瞧，阿婉再也不能離開我了。」

第十一章

季婉昏昏沉沉地睡了許久，口中不時灌入的湯藥太苦了，苦得她張口想吐。睜開眼，卻又是一陣迷茫，懸著燭臺的穹頂奢靡，金色白色的層疊華紗落下，空曠的室內只有一張巨大的圓床，地上鋪滿了錦氈，而盡頭……

她起身下了床，踉踉蹌蹌地走到鐵欄邊，驚懼地大叫著：「這是哪裡！放我出去！來人啊！」

何止是一排鐵欄，連窗戶也被厚實的木板釘上了，這陌生華麗的寢室生生變成了不見天日的牢籠。

季婉這才明白，她被囚禁了。

跌坐在長絨的錦氈上，她失神地哭著，腦海裡不斷浮現出昏倒前的最後一幕，玉珮已經碎了，她可能真的再也回不去了。

萊麗是偷偷跑進來的，她聽見了季婉的叫喊聲，實在忍不住就開門溜了進來。看著緊抱雙膝蜷縮在鐵欄邊的季婉，如同被折了翅膀關在籠裡的鳥兒一般，她都覺得可憐地讓人心疼。

「娘子，妳終於醒了！」

「萊麗！萊麗！」季婉驚喜地抬起頭，滿眶熱淚地抓住了萊麗的手：「這是哪裡？快放我出去！」

萊麗為難地搖了搖頭，似乎很不忍心，卻又不能不說：「這裡是大王子的府邸，前日夜裡娘子昏迷後，殿下便抱著娘子連夜出宮了，我也沒有鑰匙……」

那環了一圈又一圈的鐵鍊上加了一把大鎖，而鑰匙只有幾個人才有，萊麗也只在日常時才能進來，就像現在若是被發現私入，只怕小命難保。

「殿下有令，誰也不許進這間屋子，每日會有老嫗來送膳，娘子妳且忍忍吧。殿下那般寵愛妳，應該關不了多久的。」

季婉卻是絕望地搖了搖頭。

闕首歸能花費心思布置出這樣的房間，自然是料到了會有今日，以他的變態占有欲，只怕這輩子都不會放她出去了。

她倒是不曾猜錯，闕首歸確實是這般打算的。

送膳的老嫗不止一人，大概是要防止季婉再跑，五個上了年紀的中年婦人入了牢籠裡，也是將她團團圍住，莫看年紀有些大，卻個個粗壯得驚人，力氣更是大得不得了。

「請王子妃用膳，小屋裡已備下熱水，用膳後王子妃可沐浴更衣。」

那小屋自然也在鐵柵欄的範圍內，季婉哪裡吃得下飯，無視掉五個比男人還凶的女人，蜷縮在角落裡動也不動。

她們倒是沒逼迫她，說完後就悉數離開了。

季婉一直低著頭，緊閉著眼睛聽著耳畔的聲響，鐵鍊被仔細地拴上、上鎖……這回連同門外也加了鎖。

然後就是一室死寂，新換的蠟燭燈火耀耀，安靜得她幾乎能聽見自己的呼吸聲。

稍晚時分，闕首歸才出現。

聽見開鎖的聲音，坐在角落的季婉驟然起來，朝那半開的鐵門衝去，可惜一隻腳都未能踏出去，便被闞首歸攔腰拋在地上。

厚實的錦氈為墊，人倒是摔不疼，可是等她再爬起來時，門又被鎖上了。

「若是連這道門都關不住妳，我倒不介意把妳的腳也鎖起來。」穿著黑色玄龍錦袍的闞首歸收好鑰匙，蹲在季婉身邊，長指撫摸著她光滑的纖細腳踝。

季婉微微一顫就將腳縮回裙襬下，憤怒地看著他，緊接著撲了上去。

啪啪啪！

左右開弓一連幾個巴掌，以至於她手都打麻了，闞首歸卻漠然地用舌頭頂了頂發疼的內頸，看著失力倒在面前的女人，倏地抓住了她的手。

「打啊，繼續打！」他天生皮膚白皙，此時凌亂的掌印打得他臉龐發紅，一雙碧瞳裡冒著凶光，相當嚇人。

季婉被他捏得吃疼，用力掙扎：「放我出去！你不能這樣關著我！」

他不止毀了她回家的機會，還將她如同囚犯一樣監禁，一面口口聲聲說著愛她，一面做出的事又可怕又下作！

闞首歸突然鬆了手，轉而將季婉抱進懷中，一隻手扣緊了她不乖扭動的後頸，在她耳邊沉沉說道：「妳可以打我罵我，但是……我絕不會放妳出去的。」

他要關著她，只有這樣她才會一直在他身邊，哪裡也不能去。

「你瘋了！我是人，你這樣關著我算什麼！從頭到尾，你有沒有問過我願不願意，你只會說喜歡我，可是我根本就不喜歡你，我也不想留在這個鬼地方！」

她的怒吼將闞首歸刺得千瘡百孔。他是高昌的大王子，在這個王權至上的年代，他可以由著自己的心去占有一切，就如同他母親所教導的一般，只要他想，任何東西都能得到。

但是對季婉，他也漸漸覺得自己做的不對，可是他已經控制不住了……

「我知道。我也只是想讓妳留下來，平昌說那枚玉珮很怪，妳的家也是我們不知道的地方，我不想再也見不到妳，所以就算妳恨我，我也不後悔這樣做。」

每個人都有卑劣之心，只不過在遇到季婉後，闞首歸徹底釋放了自己的陰暗面。

季婉一直不願意吃東西，闞首歸吩咐了老媼送來果粥，自己盛了一勺試了試溫熱，便遞到她的嘴邊，奈何她緊閉著嘴，直接將臉轉向側邊。

他也不惱，笑著攪了攪粥，看著泛香的果肉，說道：「不吃嗎？看來阿婉是想讓我換種方式來餵妳了。」

至於他說的其他方式，自然多了去。

季婉抱著腿坐在錦氈上，狠狠地瞪向闞首歸，人已經被關了，回家的機會也沒了，乾脆撕破臉算了。

「滾！」

闞首歸神色如常，妖異俊顏上浮起了更多的笑，碧瞳深處卻是寒戾一片，撚著銀勺的長指一鬆，「叮」的一聲脆響，碗已經被他放回了漆金鑲珠的小几上。

「說起來，我們的洞房花燭夜還不曾過呢，阿婉不願意吃這些，就吃別的吧。」

似曾相識的話，驚得季婉想逃走，細腰卻先一步被闞首歸握住，他將她提著腰往上一拽，天旋地轉間，季婉便被他夾在腋下往那奢華的大圓床走去。

「啊！」她被他拋在軟綿的錦衾中，一轉身就開始用雙腳亂踢，可惜女人的力氣太弱了。

捏著她兩隻腳踝，闞首歸稍稍使勁一握，便疼得季婉倒抽冷氣。待她乖了些不敢再動，他才扯開兩條細長的腿，緊接著如巨山般壓了上去。

過分高大健碩的身軀充滿了壓迫力，他雙掌撐在季婉的頭際，手心下壓著她一雙纖細的皓腕，她整個人如同被釘在了他的身下，顫巍巍地呼吸著冷冽的空氣。

「喜歡這床嗎？我特意讓人做的。」

季婉氣惱不已，瓊首上滿是怒色和緊張，白嫩的面皮都透出了一抹紅霞來，嬌媚又動人，惹得闞首歸俯身就親，微涼的薄唇一連落在面上，她怎麼躲都躲不開。

「唔嗯……滾開！」

他的動作並不粗魯，甚至摻了幾分不經意的溫柔，最後一吻落在了她白淨的額間，微微起身，骨節分明的修長手指替她攏了攏頰畔的細散青絲。

「知道嗎，妳穿嫁衣的樣子美極了，可惜我們的洞房花燭夜被妳毀了。無妨，我會一一補回來的。」

雙手一自由，季婉就抵住了闞首歸沉下的胸膛，緊皺著黛眉想躲開他撫摸面頰的手掌，卻瞥見了他腕上的傷，那是被她咬破的地方，時日不久還不曾結疤，翻出的肉有些紅嫩，想來是很疼的。

她這一兩秒的遲疑，闞首歸就知道她在想什麼了。季婉這個女人，心硬的時候跟磐石一般，有時卻又軟得要命，須用足夠的耐心才能攻破。

「醫士說傷好了後也會留下痕跡，一想到是阿婉留下的記號，我倒是很開心，不如也給阿婉留下一個吧？」

碧綠的瞳中流轉的冷光認真至極，就在他一把扯開季婉的小衣，張口要咬她的香肩時，季婉倏地叫了起來：「不要！」

那一口還不曾下去，男人齊整的牙齒只在她圓潤的肩上啃了啃，濕濡的舌似逗玩般輕舔嫩肉，細滑的雪膚忍不住地輕顫。

「還知道怕疼？咬我的時候是不是恨不得我死呢？」

懼怕的疼痛並沒有發生，季婉驚促地喘息，泠泠水眸中依舊是怨恨不已，任誰千萬期盼的回家機會就那樣被粉碎，對下手的人也會恨之入骨。那夜若是有機會，她真的想殺了他。

餘光中盡是季婉疏離憤恨的神情，闞首歸心中頗是苦悶，張口輕咬著她的肩，直到留下一道淺淺紅痕，才鬆開她。

眼看他開始脫去衣袍，充滿危險的精壯胸肌若隱若現，季婉急得額間直冒熱汗，連連搖頭：「你停下！我餓了，我要吃東西！」

闞首歸冷哼了一聲：「遲了，我想餵別的東西給妳吃。」

充斥著情欲和占有的目光掃過她鮮嫩如花的唇，不言而喻的想法嚇得季婉心都在顫。

趁著闞首歸解腰間的玉帶時，她使力一翻，還真讓她脫身了。

圓床的另一端是弧形的雕花護欄，季婉手腳並用地爬了過去，瑩白的柔荑才抓住鎏金的床欄，還來不及翻出去，右腳便被闞首歸擒住了。

「啊！」

他的手勁太大，直接將她扯回了大床中央，還想再跑，卻是真的遲了。

「真不乖，便是讓妳跑，妳又離得開這間屋子嗎？」闞首歸一邊說著，一邊從後面提起了季婉的腰。

他衣物褪盡，掀開了她的雪緞長裙，大掌照著翹起的粉白嫩臀拍了幾下。

季婉氣得想轉身去揍他，奈何腰肢被掐得太緊，扭著小屁股反而被闞首歸又摸又捏，須臾便被他抬起了一隻腿，緊接著……

「疼！不、不要進來！嗚嗚！」

碩猛的巨蟒火熱如鐵，抵進嬌嫩的花縫，一個勁地往裡面插，不曾潤滑的甬道便是一陣火辣辣的痛。

第十二章

不曾擴充也不見濕潤的花徑十分緊致，肉頭只嵌進前壁，就被卡得動不了，加之季婉叫得淒厲，闞首歸只能屏息抽身。本想心一橫給季婉些教訓，終究是捨不得，放開了她，起身去取東西來。

好些時間沒進食加之高度緊張，季婉這會已四肢癱軟，趴在大床中央，等到闞首歸再過來，整個人就被他翻過了身。

解了她的裙衫，白嫩近似透明的玉肌雪膚一覽無遺，精緻的鎖骨下，豐滿挺茁的玉乳急急起伏不定，一點嫣紅盈盈誘人，撩的男人恨不得立刻去愛撫那一對玲瓏乖巧的胸……不過他此時的目的不在於此。

目光下移，曼妙的纖腰顫顫，柔美的曲線都是軟的嬌媚，平滑的腹下陰戶微凸，不甚濃密的纖卷毛髮遮蔽在腿根深處，撥開她不安緊閉的兩條玉腿，只見半闔瑟瑟的陰唇發紅，那是方才被他蠻力擠入後留下的痕跡，可惜就是不見往日潺潺的玉露。

「腿再分開些，出不來水，得抹些東西才行。」

季婉知道躲不過，只得乖乖張開了腿。

只見闞首歸將一瓶淡粉色的液體倒在掌中，緊接著大掌覆在玉門間一陣摩挲，微涼的膩滑處處皆濕。

「唔！」掌心炙熱，在花縫間輕柔地打著圈，直壓著凸起的小肉蒂漸硬，那是最直接刺激的地方，澀澀的酥癢直衝內部。

闞首歸多倒了些潤滑的膏液，用手指勾起往嫣紅的小洞裡塞，緊嫩的小眼才戳弄了幾許，明顯就多了一絲不同於膏液的黏稠。

濕亮的嬌花晶瑩玉嫩，一道縫揉開了，那明顯的小孔已經透著萬千的誘惑，扶著鼓脹的硬棒頂上，這次終是順暢地一插到底。

兩人同時發出了悶哼，只不過季婉卻是被脹得難耐，直挺挺地躺在闞首歸身下，在他暢快低吟著抽動時，眼淚不住落下。

媚肉吸附著棒身，隨著他的磨動而律動，他插得快時，肉壁便緊得顫縮，稍稍一慢，綿軟的無邊嬌嫩就開始浸著水在蠕動。

「還讓我滾嗎？含得這麼緊，倒叫我退都退不出來了。」擠著淫潤而入，通體都是叫囂的爽快，掐住季婉盈盈腰肢，闞首歸猝然大力撞了幾下，搗得季婉繃緊了腿，咬著唇的貝齒一鬆，難受地哭了起來。

「嗚呃……別、別撞，輕點……呀！」她話音未落，填滿蜜道的巨柱便是快速地連連抽插，撞上花心的力度像是恨不得將她撞碎一般。

如此凶猛的占有，使季婉下身快感不斷，過分的濕膩已經讓闞首歸插到了最深處，碾磨細肉的龜頭更甚蓬勃，撐得她小腹直縮。

大掌捏著惹火的兩團瑩軟蹂躪，蓄起的力度都用在了她周身各處，很快便有水潤的悶響在交合處乍起，仔細一聽都是羞恥的歡愉。

「說，還讓不讓我滾？」

肉柱滾燙，怒張的青筋擦著細窄的肉壁，來來回回，大開大合，直將膣道也插得火熱，越見淫膩的花肉層層絞縮，極媚極軟，吸得闞首歸後背竄起一股麻意，粗喘的沉息漸亂。

雪臀被捧上了男人的雙腿，也不知是沾染了潤滑的膏液還是穴中流溢的水，濕得厲害，只待大肉棒狠狠填入，季婉便哭著在他胯間抖了起來：「不、不了……唔！」

變態如闞首歸，得到了滿意的答覆後便不受控制了，唇際揚著笑，俯身重重壓在了季婉身上，大口大口貪婪地吃著她的雪頸香肌，狼腰下挺動的速度猝然迅猛，如同打樁般瘋狂頂撞著她。

「呃呃呃啊！」

密密實實的堵塞已經讓敏感的花肉受不住了，再遇這上狂風暴雨的急亂拍打，玄奧的小蜜洞頓時水聲紊亂，汁液飛流。

一波波的情浪襲來，又疼又脹的小腹發顫，被男人精壯的腹肌無情碾磨，直插入內的大肉棒已經頂開了嬌嫩的宮口，季婉忍不住喊叫，卻只發得出斷斷續續的破碎音節，被男人搗得凌亂不堪。

極度的抵入嵌合，將性與肉欲糅合到極樂，闞首歸身心都舒爽到了巔峰，一邊挺身一邊狂熱地凝視著身下哭泣的人兒，粗暴的力道，作勢要搗亂她的花徑，撞碎她的花蕊。

「要妳……阿婉……嗯！我的……妳的一切都是我的！」他低吼著，碧瞳火熱都是欲望，加快著節奏，頂插著她的蜜道，徜徉在水液交織的緊致中，他的理智漸失。

層層疊疊的肉兒又軟又暖，插得越深夾得越緊，磨動著嬌豔的媚肉，剮蹭著蠕動的內壁，撐開的陰唇翻撅之際，汩汩水液逐漸往外滲出。

一身瑩白玉膚呈現怯怯的粉色，薄透的香汗淋漓，季婉越發高亢地叫著，可怕的電流襲湧，她開始奮力掙扎起來，奈何腰下的衝擊更加恐怖，雪臀被操得一跌一起，終是躲不過那急烈而來的快感。

女子的嬌吟和著男人紊亂的喘息，在床幃內交織著濃濃熱焰，浪聲戛然而止時，空氣中瀰漫的淫膩情味在片刻加重。

「咳咳……」

季婉被突然灌入的濃稠液體嗆得岔了氣，高潮的餘韻尚在，她整個人趴在床沿處，哆嗦著劇烈咳嗽，唇齒間都是去不掉的精水味。

闞首歸長臂一伸將她抱回了懷中，長指攏著散亂的秀美烏髮，情欲未退的目光落在通紅的嬌靨上，緋色的唇畔那一抹濃白格外灼眼，念起方才肉頭抵入檀口的瞬間緊實，下腹便是一熱。

「好吃嗎？」指腹勾著她吞咽不下的精液，在指尖撚了撚，悉數抹在了她胸前挺立的乳尖上，嫣紅的小乳頭濕亮得誘人。

季婉手酥了腳也軟了，周身都是快感後的痠麻，劇烈運動後的心跳難以平息，加之那一路入了腹的精水，胃裡都泛著燙，大口呼吸著溫熱的空氣，難受地說不出一個字。

稍稍一動，雙腿間便潮意洶湧，碩物填塞後的蜜道還殘留著被撐開的痠脹，嫩壁一縮一顫，倒是將深處搗成黏液的蜜汁擠了出來。

男人結實矯健的身軀無不展露著狂野，抱著嬌弱馨軟的佳人，健碩的胸肌上熱汗隱約，輕撫著季婉的後背，方才的激烈亦是讓他受益良多，碧色幽幽的目光邪佞依舊。

「真想再餵阿婉多吃些。」

聞言，季婉倉皇地睜開了眼，蝶翼般的長睫輕顫，漆黑的瞳中流光盈盈，透著水光看了一眼他的下腹，發軟的白嫩玉手就抵上了他的胸前，有些抗拒。

再次蓬勃挺立的肉柱大過她的手腕，沾染著白沫的青筋越發怒張，雄赳赳的紅紫猙獰之勢，就在須臾前，撞得她差些斷了氣。

「不要了……」

她扭著腰肢想從他的臂彎中離開，闕首歸卻霸道地將她抱著轉身面對自己，兩條玉白的勻長雙腿跪在他身側，正下面處，滴著蜜液的穴口對準了擎天之威的巨柱，張開肉冠的龜頭即將頂入她體內。

「好了，我要鬆手了，阿婉若是不想要，便撐住了。」

深邃的碧眸間盡是炙熱的欲望和戲謔，大掌撤離的瞬間，季婉便驚呼了一聲，她哪裡還有力氣支撐，潤滑的嬌嫩肉洞一寸寸地往下沉，她越是攀著他的肩膀掙扎，下沉得越快。

「太脹了！肚子……肚子疼……嗚，停下、快停下！」緊縮的肉壁被肉刃抵開，享受過一番極樂的媚肉遠比此前敏感，肉棒擠壓帶來的摩擦痠癢加劇了。

她的叫喚也是軟軟地帶著哭聲，若非是自己已經置身入內，清晰地感受著她失常的吸附，闞首歸都快以為她是真的不舒服了。滾燙的手掌貼在她的小腹上揉了揉，就看她雙腿急急顫抖，再也忍不住地坐了下來。

「唔！」被蜜肉套吸的快慰讓闞首歸低吟出聲，貼著平滑肚兒的掌心處驀然凸起了一小塊，顫動的嬌嫩又濕又滑，插得太深了，忍不住含著季婉粉色的玲瓏耳垂輕咬：「這可是阿婉自己沒忍住的，嗯？」

吞下了整根昂楊，季婉僵坐在闞首歸的懷中，根本不敢亂動，滲著香汗的額頭抵在他胸前，急促地嬌喘吐息，肉壁間痠脹不已，她很害怕他會突然抽動，因為腹下翻湧的生理衝動已經壓不住了。

「求求你、呃啊！別動、別……」

季婉吐字不清的蘭芳香息暖暖地噴在他頸間，癢得闞首歸喉頭大動，本就一身燥熱難以平息了，她這無心地一撩，野獸決定不再強忍。

胯部用力一挺，坐在其間的人兒便被顛得起起伏伏，連連媚哭淫呼頓時充斥寢內，只看兩人腿根契合處，繃開的嫣紅肉唇泛白，水液橫流。

「啊啊啊！」

硬邦邦的肉柱龐大，一刮一蹭便刺激了她所有的敏感點，騎坐在上方的季婉被頂得失了重心，跌落的瞬間，送入宮頸的粗碩撐得她只想胡亂尖叫。

如此刺激的歡愉，使得她盆骨不斷收緊又放鬆，深插入子宮內，闞首歸更能清晰地感受著那股美妙，他一手扣住了她的纖腰，大力操動之際，另一隻手抓住了她柔軟的玉乳，五指肆意地捏著。

「告訴我，爽不爽？」他低聲嘶啞，濃濃的情欲中都是占有的意味。

猛烈的頂撞令肉穴發緊發燙，濕漉漉的淫膩不堪，最明顯不過的便是季婉的小腹，平坦雪白的肚皮上都是巨物的形狀。

「嗚嗚……爽！夠了夠了……啊嗯——」

風雨欲來的快感比之前還凶猛，大起大落間，季婉仰著頭又哭又叫，無處安放的手指在闞首歸背上用力抓撓著，而蜜洞中的抽插卻仍在加速，極致的貫穿霸道又粗暴，不帶半分遲疑地擠磨著所有的媚肉，連帶最神祕處的子宮，也遭受著龜頭的碾壓。

不知道又插了多久，高高顛起的季婉跌回闞首歸懷中時，含著肉棒的穴口猛然發緊，繃直的神經劇顫開來，嘩一聲，竟是裹著陽具潮噴了。

「啊！」

從尿口中出來的簌簌水液噴得兩人下身盡濕，就著狂亂的熱浪，闞首歸迫切地將季婉壓回床間，低吼著加快了最後的律動。精水噴入子宮的瞬間，他爽得閉目直抖，張口咬住了她的雪頸，耳畔是她細弱的嚶嚶呻吟。

彼時，濃精射入，季婉已經半暈在他身下，嬌紅的眉眼間無不透著欲仙欲死的歡慰。

第十三章

抵在深處的肉柱不曾退出，圓碩的肉頭卡在宮頸，整個肉棒都享受著嫩肉的緊緊縮動。

闞首歸伏在季婉身上良久，待躁動的狂熱漸漸退卻，大掌甫輕柔地撫著她的額頭，將濕亂的青絲攏到腦後，薄唇吻著上頭的細汗，說不出的眷戀深情。

粗沉的喘息不斷，兩人都不曾說話，待季婉恢復了幾分力氣，就嘗試著推抵身上的男軀。

闞首歸順勢含住了她的手指，在她怒目看來時，微微揚眉：「要是阿婉能一直都這麼乖就好了，肚子可還餓？」

抽回自己的手，季婉將頭轉向了另一側。痠軟的纖腰並不敢亂動，畢竟埋入體內的巨物依舊極具危險性，半分不退的填塞堵得許多濁液出不去，以至於小腹內脹得發慌。

「你出去……唔！」

好不容易才從牙縫裡擠出的幾個字，軟綿綿地撩人心扉，闞首歸自然是不會聽，反而一手環住她的腰，就著深深交合的姿勢，抱著酥軟的她下了床。

「啊——放、放開！不要走動啊！」

秀長的玉腿無力地盤著他的窄腰，在她差些滑落時，他的大掌扣住了渾圓的嬌臀，往上稍稍一抬，粗巨的肉棒再次深深插入她，他赤足每走一步，那物便震磨著整個花徑內道，極致的癢令她泣不成聲。

溫熱的蜜洞顫得厲害，吸附棒身的媚肉絞縮不止，清亮的熱液混雜著白濁自闞首歸的腿根處流下。

「好了，馬上就停下了。」他放緩了步伐，這樣異常刺激的體位季婉不好受，他亦是。晃蕩在腿間的陰囊倏地發緊，置於蜜洞中的肉身被吸嘬地忍不住又想噴射了，終是走到小几旁，坐在了上面。

陽具直挺挺地頂插，本就膩滑敏感萬千的花穴，頃刻又旋起了更加強烈的快慰，肉壁吸吐間差些又要泄了，季婉咬緊了唇，終是忍住了那股可怕的衝動。

無力地伏在男人寬闊的懷中，胸前的玉乳避無可避地被他擠壓著，她小幅度地捶動著他的肩頭，水眸緊閉：「拔出去吧……嗚……」

撐開的花口處異常灼熱，蓬勃的巨龍抵得她連本能縮動都要小心翼翼了，哀哀出聲時，只見闞首歸端起那碗涼透的果粥，攪了攪便將銀勺遞到季婉嘴邊，那意思再清楚不過。

季婉哪有胃口吃，腹裡全是他灌入的精水，鼓脹得想泄又想吐，下意識地在他懷中往後退了退，未料便被他重重地挺了一下。

「啊！我吃！」

細滑的軟肉嬌嫩，猝不及防的一搗，好不容易壓下去的電流又亂了，脊背間陡起的酥麻刺得季婉大腦發沉，尖呼中緊繃的那一點似要崩潰。插著她的男人卻是極會拿捏，在她還差最後一擊前，又停了下來。

遞在嘴邊的勺子不曾移開，季婉顫巍巍地張唇去抿，小口小口地吃完一勺，又是一勺遞來了，她不禁皺眉看向闞首歸，又是委屈又是怨恨。

「快些吃，往後再敢不吃東西，就用這法子治妳。」

粗大緊實的碩物甫一動，季婉就不敢再有片刻遲疑了，就著闞首歸的手將一碗粥吃了大半下去。

清香的涼粥入胃，驅走了大半的燥熱，又掩住了上湧的腥味，讓季婉微微舒展了秀眉，不過並沒有輕鬆多少。

「吃不下了，真的……」

靜置在內壁中的肉棒不曾抽插，可是怒張的青筋卻在緩緩搏動，便是如此細微的磨動，也足以叫季婉體會強烈至極的刺激。

藕色的玉臂軟軟地攀在男人肩上，緊抓著他臂膀的柔荑驀然用力，幾絲青脈若隱若現地浮動在玉肌上。

放下粥碗，闞首歸將雙手放在了季婉的軟腰上，輕揉款款看著顫縮的平滑肚兒，光是如此看著便是遐想萬千，更莫說季婉忽而敏感的夾縮了，情不自禁地便挺動起來。

「呃啊——」

季婉低呼著就要掙扎，卻被闞首歸箍住了腰抬起又往下按去，又狠又猛的力度，熱流

橫湧的當頭，只感覺他巨大粗硬的肉棒又衝進了體內極深處，那地方還殘留著他射入的濃精。

提著她的腰，闞首歸暢快低吟出聲，越發快速地去頂弄嬌嫩的肉兒，狠狠地磨，發狂地操，直將身下那精緻的小几晃得咯吱作響。

淫聲迷亂時，他又堵住了季婉嬌呼的檀口，唇齒纏綿間，猝然起身挺動腰桿，直將掛在身上的她撞得失去重心，他再也沒給她出聲的機會了。

被囚禁的日子屬實難熬，每日只能見到那五個面無表情的老嫗，伺候她用膳更衣，更多時候則是她一人獨坐角落，沉默不語。

時日久了，闞首歸也覺出異狀，便允了萊麗每日來陪她說話。

「娘子，這是殿下方才讓人送來的萍籮果和鮮花。」無人時，萊麗還是習慣喚季婉娘子，穿著丁香色長裙的女孩又大了一歲，更顯清秀，將手中的東西遞給她後，又開始說起了今日聽的趣事。

季婉翻轉著手中類似油桃的水果，總覺得這個名字好生耳熟，細細呢喃了幾遍才想起是早先闞首歸帶她去看的那顆樹，他說入秋後果子才能成熟的。

「秋天了嗎？」

萊麗一愣：「是秋天了，外頭的花樹差不多都落葉了，也不知殿下去何處採的花，可新鮮了。」

落花浮萍的時節已過，沙漠的秋日有著更多蕭瑟，季婉是沒機會看了，目光淡淡地落在那捧花上，入鼻的香氣讓她有些出神。

「王庭裡怎麼樣了？」

闞首歸這些時日一直陪季婉住在這裡，知道她怨著他，也不敢過常迫她做那檔子事。理智正常時的他只會展露溫柔的一面，陪她看書，甚至手把手教她寫字。兩人關係看似緩和，季婉卻不想和他說話，他只能厚著臉皮哄她開口，但不再提起王庭裡的人和事。

「王庭如今可亂著呢，巫師說王怕是熬不過秋天了，都忙著準備王儲繼位的事。聽說二王子為王后，便要迎娶阿依娜公主，而且……」萊麗突然止住了話頭，看著季婉嬌媚妍麗的側顏，揣測著該不該說下去。

闞義成稱王是季婉預料中的事，娶阿依娜更是正常，論權力和上位的呼聲，他都不及闞首歸，若想坐穩王位，娶一國公主做王妃稍稍能增添些保障。

不過這些保障在一年後都將瓦解。

「還有什麼？」

萊麗頗是不好開口，在季婉遲疑看來時，才小聲說道：「是巴菲雅公主的婚事，大王妃定下了柔然大公的次子，開春後就要遠嫁了。」

以往季婉和闞平昌關係極好，可是自從大婚之夜後，季婉被莫名其妙關在了這裡，就再也沒聽她提過闞平昌，以至於萊麗一直猶豫著要不要說。

「遠嫁？」季婉皺眉，玉珮的事她確實怨過闞平昌，可是再細想下，闞首歸是她自小敬重的親兄長，她這麼做也是無可厚非。就如闞首歸所言，自己輕信於人，總是要食惡果的。

闞義成是如此，闞平昌也是如此。

不過，作為高昌王與大王妃最小的公主，闞平昌最好的結局應該是嫁給王城貴族，何至於遠嫁柔然？

「好似是柔然那邊來人求親的，想迎娶一位公主回去，大王妃便應下了。公主這幾日都不開心，可是這事怕是不會變了。」萊麗嘆了口氣，平日闞平昌待她們這些侍女都是極好的，她這一嫁，可能就回不來高昌了。

「原來如此。」

季婉的心有些發沉。

闞首歸今日回來得較早，見季婉正將他送來的花放在玉瓶中，小几上還擺著他昨日教她寫的字，白色的紙張上大半都是兩人的姓名，有漢字也有高昌字，寫得並不是那麼流暢。

抽掉手上的金絲手套，闞首歸裸足而來，雲紋滾邊的黑色袍角輕動，勻稱有力的腳掌踩在錦氈中悄無聲息，坐在季婉的身側，從懷中抽出一條緋羅繡木香花的髮帶來。

「今日可有好好用膳？昨日不是說身子乏得慌嗎，可要讓良醫來看看？」

他一邊說著，一邊仔細攏起她披散的烏髮，將他親選的髮帶繫了上去，末了撫了撫墜著小鈴鐺的流蘇角。

季婉只當他不存在。

被關了這麼些時日，脾氣性子都磨得差不多了，整個人淡然平靜、不喜不怒，視線只落在手中的書籍上，看完一頁便翻一頁。

闞首歸面色微暗，明明人就坐在他身邊，卻好似隔著千山萬水，不管他如何討好，也換不來她的一顰一笑，心中除了失落更多的是苦澀。

他怎麼也沒想到，有朝一日自己會為情所困。

「阿婉，同我說說話吧。」

低暗的聲線隱約透著幾分哀求的意味，季婉撚著書頁的手微頓，不知怎麼就想起了初見時，那個將刀抵在她頸間、眸中只有殺意的闞首歸，那時的他傲然冷漠得駭人。

手背一熱，思緒也亂了，她掙了掙被闞首歸握住的手，卻換來更緊的力道，連帶手中的書也被抽走了。

「聽說平昌的婚事定下來了？」她突然問了一句。

只要她願意說話，闞首歸自然是高興的，哪怕話題是關於別人。

「柔然與高昌本就生生相息，將巴菲雅嫁去，也並非壞事。那人論血緣也是她的表兄，與我熟識，是個不錯的人選。」

而後季婉便沒了聲音，闞首歸無奈地攬她入懷，下頜抵在她頸間，俊美的面龐上透出幾分疲色，沉聲道：「阿婉，巴菲雅是我的妹妹，那件事她做的……」

話未說完，外面就傳來了急促的敲門聲，緊接著便是賽爾欽的聲音。

「殿下，王庭內敲喪鐘了！」

第十四章

闞伯周崩殂了。

闞首歸回王庭時神情異常凝重，卻未帶著季婉回去，反倒留下不少銀甲面具的死士守在院中。

這一夜王庭中人心惶惶，唯獨季婉睡得安穩。闞義成有王詔在手，理所應當越過兄長繼位，但今夜乃至短時間內，想坐穩王位，他是不會招惹闞首歸的。

唯一奇怪的是，闞伯周死得太快了。

一連過了三日，闞首歸才從王庭回來，面上難掩疲憊，闞伯周的「病」是他一手安排的，父子情分已經勢同水火，並沒有過多悲傷。

「他就這麼死了，呵。」他自嘲地笑著。

母親到死都在等的男人，如今終於可以睡在同一個墓穴了。

許是真的累了，他倒在床榻上便睡著了，修長的腿壓著半掀起的錦被，似乎有些不適。季婉走過時扯了扯，看著一片陰翳下冷峻的高鼻深目，微微皺眉。

心中不知為何有些許酸澀。

闞義成繼位，自然是大肆攏權。早些時間，眾人皆以為闞首歸才是最佳上位的人選，大半的人皆是隨了他的陣營，如今闞義成為王，王城中便攪得甚不安寧。

「那位子他愛坐就坐吧，若是再犯蠢，也可以換個人去坐。」闞首歸無意王位，而姓闞的又不止他兄弟兩人，撚著手中的墨玉棋子，口氣頗是鄙夷。

賽爾欽領命出去了，季婉執著白子實在不知道往哪裡放，前後都是死路，抬眸就對上闞首歸的笑意，咬了咬牙，千難萬險選了一處落子。

嗒。

「阿婉輸了，看來註定不能放妳出去了。」他勾著唇，森白的牙齒隱露，似極了捉住獵物的猛獸在歡悅。

玉珮沒了，人也囚著，闞首歸擺明要用時間磨她，不管她是怨還是恨，她哪裡都去不了，一如當初被他強要後，他說的那番話。時間久了，季婉有些認命的意味，回不了家，總不能一直被關著，等她出去後或許還能再找辦法。

「你不是不喜歡——」

「嗯？有人和妳說我不喜歡下棋？可是她定沒說我不會吧？好了，願賭服輸。」

季婉仔細想了想萊麗的話，確實沒說闞首歸不會，只說了他不太喜歡中原的東西而已，她才選擇了和他賭這一局，沒想到第二盤就輸得慘不忍睹。

想起第一盤時他還刻意輸給她，降低她的戒備心，季婉就氣得牙癢癢的。

「有種你就關我一輩子！」

看著暴怒洩氣的季婉，闞首歸極認真地挑了挑眉：「是個好主意。」

懶得去管外面的事，距離開春闞平昌出嫁也還有好幾個月，這段時日倒是方便了闞首歸來磨季婉，牢籠一鎖兩人便成日待在明亮的寢居內，就是不思淫欲也多的是事情做。

轉眼間，三個月過去了。

昨日季婉偷拿了闞首歸脖子上的鑰匙開了鎖，趁人不備跑到了院子裡，若不是送衣物的老嫗發現，還真的就讓她跑出去了。

被抓回來後，打不得罵不得，闞首歸只能一番「體罰」。

綁著腳踝的繩索解開了，一雙細白的蓮足抖得厲害，腳踝上還有她掙扎留下的瘀痕，那不甚粗的紅繩在她身上換了幾種捆縛花樣，這會終於解開了雙足，可是上半身依舊動不了。

「唔……」

季婉難耐地輕吟，微微滾動的雪白喉頸上都是男人留下的吻痕牙印，紅紫斑斑，赤裸的霜肌被縛得極為巧妙，橫八字的綁法，勒得玉乳鼓脹，立在上頭的乳尖豔豔緋色淫邪。

擰成圈的繩索自胸前穿過，分開兩股貼著平滑的肚兒，到了玉潤的腿根處，不鬆不緊地勒過兩片不停出水的桃花嫩唇，自她腰後環住被綁的手腕，就拉到了前面來。

「說了別亂動，餵進去的東西都流出來了。」

身後的手稍稍一動就會扯到陰部的繩索，摩擦充血的豔靡肉縫裡，自然是忍不住往外湧東西，一股白濁一股熱流，在她肚子裡脹了多時的東西，能出來一些是一些。

撩開她頰畔的碎髮，闞首歸替季婉擦拭著眼角的淚，昨夜她叫得又浪又急，以至於今天喉嚨裡都發不出聲，稍稍一撥弄，只能發出細弱的咿呀聲，可憐又誘人。

「很脹？」

看看她顫慄的粉色陰戶，近似痙攣的輕抽尚未平息，腿間的綁縛甫一鬆開，就忍不住想合攏雙腿，未料才稍稍一動，勒在兩側的繩索就陷入了花縫中。

「啊——」

她發出了像奶貓一樣的低吟，大概是無力再張開雙腿，闞首歸只能俯身代勞，撥開勻稱的玉白秀腿，只見紅色的繩索被蜜唇緊緊含住，來回摩挲間，自洞兒裡泌出的液體更多了。

長指去分開充血的嫣然花唇，將濕淋淋的繩索重新分到兩側，大抵是內道裡蠕動得厲害，塞進去的東西被媚肉擠回到了穴口。

蜜液潺潺，隱約能在顫動的小肉洞裡瞧見藥玉珠子的蹤跡。

「時辰還沒到，阿婉把珠子擠出來，可得重新餵進去，含緊點。」闞首歸又拿來一塊新的潔布，將她臀下的濕膩細細擦拭了一番，特別是沾在玉股間的精液。

末了，將濕了大半的帕子隨手扔到地上，那裡早已累積了不少布帕，全是沾染了情液。

不大不小的黃玉珠子是拿藥水浸過的，都是對女人極好的藥，最大的用處便是能助孕，其後就是滑嫩內道去疼緩疲，闞首歸特意命人精心制出的。

抽出昂揚後，一連餵了三顆進去，堵著深處的精水，又等著藥效在裡頭作用，想要讓季婉懷孕的念頭越來越濃。

看看她縮動的雪白肚皮平坦得沒了凸起，滲出的香汗彙集滾落，大掌忍不住去按了按，最直接的反應卻是壓得內道蜜液擠出了穴口。

「嗚……」季婉虛睜著眸，迷離的水光浸滿了眼眶，有難耐的情欲亦有痴醉的失神。

他這一按，壓得她小腹痠疼不已，內道微縮，漸溫的玉珠子便在內道不安地滾動，磨得肉壁酥酥發癢，本能地想排出去。闞首歸卻不給她機會，將穴口露出的玉珠用手指一頂，花徑再度被充滿。

鬫首歸嘗了嘗指尖的蜜水，看著她顫顫巍巍的嬌媚模樣，心中的欲火又燒了起來，寬厚有力的肩膀微動，提起季婉一條藕白的嫩足在手中摩挲。

「阿婉喜歡男孩還是女孩？良醫說妳身子調養得也差不多了，生一個吧。」

現今他們已經是行過大禮的夫妻了，生兒育女更是常理，可是他的話才說完，就看見季婉驚慌地搖了搖頭，鬫首歸心頭刺疼了幾許。

她不想要他，連兩人的骨血也不想懷上……

捏著蓮足的手掌驀然用力，他俯身壓在季婉身上，碧色的狹長眼瞳裡都是不可抗拒的寒意：「難道阿婉就不想有一個和妳一樣漂亮的女兒嗎？」

被他重重一壓，呼吸頓止，季婉扭過頭不去看他，一身又麻又癢，想著會懷孕的可能性，喘息越發急促。

鬫首歸輕笑一聲，戾氣散去後含住了季婉挺立的玉乳，半透緋紅的奶團嫩如桃，輕啃又帶著舔弄的吃法，咬得季婉紅臉嬌泣。

「唔嗯……別、別吸了……」粗糙的舌苔掃得嫩果快感頓生，那種讓季婉無法抗拒的癢鑽入了心頭，又蔓延了周身。

柔媚的輕吟低喘，聽得闞首歸後背竄起一股電流，錦衾中的女人有著不一樣的美，那種美足以讓他致命，明明已經要了她很多次，卻還是恨不得做到天荒地老。

「阿婉又在誘我，看來今日也要耗在這床上了。」

舌頭順著緞帶綁縛的地方親吻，這樣淫邪又充斥誘惑的美景妙極了，一路吻到了她的腿間，充血的嫩唇如牡丹花般鮮豔，嬌滴滴的水露沾染，入鼻全是膩膩的淫味，舌尖掃了掃翻出的小陰唇，嫣然的穴肉便是一陣輕顫。

「好了，把珠子都擠出來吧。」

不久前被肉柱撐開的蜜口此時又變成了細小的孔兒，闞首歸並不打算用手指去取珠子，雖然他很是享受濕膩的媚肉緊裹的感覺，可是他更想看到季婉自己排出來。

季婉哪裡還有力氣去擠珠子，穴裡越來越癢，她難耐地扭動著嬌臀，四下都是一片濡濕，敏感萬千的嫩穴隨時有著高潮的預兆。

嬌嫩的口兒裡出來的熱流已不復先前，闞首歸只能故技重施，大掌按在季婉的腹上，稍稍用力，只聽她嬌嗚一聲，便見一股濁液從穴口快速溢出，緊接著窄小的洞眼就被珠子頂開，昂貴的黃玉滑潤，卡在紅色的嫩肉中，只消再用些力，就能排出來了。

「不要吸得這麼緊，讓它出來吧，阿婉不是早就不想吃了嗎？」穴口透明的黏膜微縮，以至於珠子差點又被吞回肉洞中。

季婉努力忍住呻吟，填充內道多時的異物，她是不想再塞入了，忍了一口氣開始嘗試著將那東西往外擠。

啪！

第一個珠子掉出來，無聲地落在了濕漉漉的錦衾中，大抵是用力排擠的緣故，蠕動的媚肉將第二顆也擠了出來，熱流直湧穴口處，潺潺蜜水晶瑩淋漓。

闞首歸揚眉，撿起一顆玉珠在手中撚了撚上頭的淫膩，溫熱的玉暖手，看著面紅耳赤的季婉，他戲謔著：「熱的。」

餵進去前，這東西可是冰冰涼涼的。

饒是一連排出兩顆，可內道裡依舊停留著一顆，堅硬的玉珠輕動，季婉再想往外擠，已經沒了力氣，淚眼矇朧地瞪著闞首歸。

「我幫阿婉取出來吧。」

看過了玉珠滾出蜜洞的美景，闞首歸便等不及取出最後一顆了。雙指入了淫滑的內壁，一邊摩挲著細嫩的花褶，一邊往裡面探去，顫動的火熱媚肉緊致擠壓著，好不容易夾到了最大的一顆珠子。

「啊！不、不要動！」

往外摳弄的感覺激起一股駭人的電流，季婉情不自禁地蜷緊了腳趾。闞首歸乾脆不急著弄出珠子了，粗糲的指腹尋到前壁處的一塊硬肉上，開始碾弄，黏黏的水聲響起時，又用一指去撥開疏密的纖卷毛髮搓撚發硬的陰蒂。

力道用得輕巧，兩處又是致命的敏感處，季婉連綿不迭地驚呼著，如織纖腰狂顫幾許，一波透明的水液就噴灑在闞首歸來不及撤離的腕間。

激烈的洶湧快感如山崩地裂般，壓得她差點窒息，癱回床間時，綁在身後的雙腕顫得厲害，繩索劇動，扯得紅腫花唇發麻。

「又噴這麼多水，阿婉這裡面還是這麼濕，很喜歡我這樣弄妳？」

闞首歸順勢取出了最後一個藥玉，密密實實的媚肉正是緊致美妙的時候，頂著溢水的花口，腰身一沉，怒張的蓬勃巨棒直接填了進去……

第十五章

季婉再見到闞平昌時，已經是次年春季了，她即將出嫁。

「對不起，婉姐姐是我對不起妳，妳那麼信任我，我卻騙了妳。我也是沒辦法，王兄於我如兄如父，我不能……」

見她哭得悲戚，緘默許久的季婉只搖了搖頭：「都過去了，別哭了。」

環望這華奢堆砌的牢籠，闞平昌更是難過，抓住季婉的手泣道：「我本無顏來見妳，不過我就快遠嫁了，怕是再也見不到妳，就求了皇兄讓我進來。婉姐姐，我知道妳不會原諒我的，只求妳不要恨王兄。」

季婉也說不清恨不恨，對於闞首歸的強勢，更多的只能是認命。

就算心中已經釋然，到底是有了心結，季婉也做不到如以前那樣和闞平昌相處了。

闞平昌自然也明白這點，說完自己憋了多時的話，就離開了。

也是這日後，季婉終於離開了那個囚禁她多時的房間。

湛藍的天空飛鳥掠過，王庭宮門處熱鬧非凡，目送著送嫁的隊伍浩浩蕩蕩離去，季婉低低地嘆了一口氣，忽而手間一熱，她抬眸看向身側的高大男人，掙了掙被他緊握的手。

闞首歸勾著唇，淡漠的眉宇微舒，略略低頭在季婉耳側說道：「時辰還早，去王城走一下吧。」

季婉本來想說些什麼，突然覺得有道視線盯得她毛骨悚然，下意識回頭一看，正是闞義成。戴著王冠的少年如眾星拱月般站在人群之首，溫柔的笑意明明是如沐春風，卻看得季婉心中發寒。

察覺到她片刻的僵直，闞首歸將她往身後一帶，輕巧地擋住了那人的目光。

湖畔的樹林裡飄飛著不知名的花絮，駿馬踏著金黃的沙丘漫步，闞首歸抬手折下一段花苞半開的枝條放在了季婉手中，寬闊的胸膛將她牢牢護在懷中。

「往日巴菲雅很喜歡來這裡。」

含著白蕊的紅花鮮豔，季婉撥弄著便抬眼看向不遠處大片的沙湖，景色著實宜人，她忍不住道：「既然捨不得，為什麼還要將她送去那麼遠的地方？」

「是她自己要求的。」沉穩的聲線中透滿了無奈。

季婉皺眉，實在是想不出闞平昌這樣做的意義。電光火石之間，有個念頭在腦中飛快閃逝，她驚愕地旋過身子看向闞首歸，詫然問道：「她是為了你吧？」

闞義成為王，闞首歸便成他心頭大患，兄弟兩人必會鬥得你死我活，還有什麼靠山能比得過柔然的強大？

「我告訴過她不必如此，可是巴菲雅已經長大了。」

——我的王兄怎麼能屈居人下，你才應該是沙漠的王。

不知不覺，幼時只知哭和吃的小丫頭也長大了，她的性格和他很像，想要做的事必是誓不甘休，不過她比他更會偽裝，以至於在她說出這番話時，他很驚訝。

他想告訴她，王權地位於他並沒有什麼意義，可是在看見丫頭眼中那狂熱的崇敬時，這些話都沒機會說出口。

在她的心目中，王兄近乎於神祇，他怎麼捨得殘忍地打破她的信仰？

闞首歸下馬後，將季婉抱了下來，炙熱的大掌牽著她走在黃沙中，天地間一片靜謐，躁動的心也有了片刻的安寧。

「若是喜歡，可以在這裡多待一會兒。」

季婉還有些不習慣他這樣的放縱，也不知道那日闞平昌和他說了什麼，放她自由後，他似是變了一個人，更大程度地讓兩人平等相處。

這樣的他，卻讓她格外警惕，深怕自己一不小心就陷了進去。

日落時分，空氣轉涼，侍從們架起了篝火，坐在錦氈上的季婉頗有興致地轉動著手中的柳木，大塊的烤肉已經快熟了，奈何手臂發痠，快要堅持不住時，闞首歸放下了手中的酒杯，接了過來。

「我還是第一次在沙漠裡吃烤肉，感覺還不錯。」因為心情好，所以對闞首歸的態度也好了不少。

跳動的熊熊烈焰照在兩人臉上，極其清晰看見季婉一雙漆黑如墨的瞳孔發亮，眼都不眨盯著他手中的肉，顯然饞得厲害，闞首歸冷峻的面龐上也不禁浮上一抹寵溺。

「過來些。」

他溫聲說著，季婉半是遲疑地側了側身子，將要問他做什麼時，卻見他一手捧住了她半邊臉頰，大拇指輕輕摩挲在唇側，似乎在擦著什麼東西。

兩人靠得極近，猝不及防闖入碧綠的眸中，那沉沉如膩的溫柔似是無底深淵般，一個不慎就會吞噬她。

「阿婉的臉好紅。」

耳畔傳來一聲輕笑，回過神的季婉炸毛一般，往旁邊迅速挪去，面上耳間都是滾滾的燙，心中怦然，狠狠地瞪了闞首歸一眼，他卻是識趣地遞上了烤肉。

「可以吃了。」

那一刻熠熠火光中，褪去陰沉的男人，如神祇般魅惑人心。

「喝一杯吧！」闞首歸將手中的鎏金酒杯遞給季婉。

她有些遲疑地接過，晃動的透明液體散發著一股沖鼻的濃烈酒香，不似甘醇溫和的葡萄酒，她皺著眉喝了一口，精緻的玉容就扭曲了。

「好辣！咳咳咳咳……」含在口中的烈酒噴在了地上，舌尖口腔滿是灼辣感。

難得看見她這幅模樣，闞首歸失聲大笑，心情也愉悅了不少，拿過她灑空的酒杯倒滿，又遞到了她的嘴邊，哄道：「一口氣喝下去試試。」

這會兒的季婉狼狽極了，桃頰緋紅美眸裡似是蒙著一層水霧，皺著眉往後退可憐的惹人愛。

「阿婉不敢喝了？」

「誰不敢了？喝就喝！」季婉受不住他的激將法，奪過酒杯，哼了一聲仰頭引盡，喝完後還一邊咳一邊挑釁地看著闞首歸：「還要！」

一連飲了三杯，眼前畫面都是迷糊的了，五臟六腑似是燃起了一團火，燒得她渾身難受，只能又哭又笑地將心中的話一個勁兒往外說，舒坦極了。

「闞首歸就是個混蛋！瘋子！我討厭你！我的玉珮……我要回家！嗚嗚……王八蛋！明明好恨你的……可是可是……為什麼要長得那麼好看……」

「嗯，我是混蛋，我是瘋子。」生怕她一不小心跌進火堆裡，闞首歸長臂一伸，將她抱進了懷中護著，哭笑不得地由著她撒潑。

接著，季婉又奪了一杯酒喝下，粉頰紅得豔麗，打著嗝抓住了闞首歸的衣領，然後很是羞澀地說了句。

「帥哥，要親親！」

雖然聽不懂帥哥是何意思，不過求親親闞首歸還是懂的，眣麗的唇角微揚，顯然是沒想到喝醉後的季婉會如此乖，燦然一笑低頭就要去親那紅潤粉嫩的唇。

啪！

這一巴掌扇得驚天動地。

始作俑者卻笑得口水都流出來了，咧著嘴嘿嘿道：「想占我的便宜，沒門！嗝！」

「……」闞首歸臉黑如墨。

宿醉後的難受難以言喻，按著快要炸開的腦袋，季婉吐得天昏地暗，直後悔昨晚中了闞首歸的激將法，待到洗漱一番，坐在妝臺前，整個人還是懵的。

她隱約記得自己昨晚喝醉後，做了不少瘋狂事……

「萊麗，我今天哪兒也不去，若是闞首歸來了，就告訴他我不舒服，別讓他進……哇！」她猛地站起身，正梳了一半的頭髮還絞在象牙梳裡，扯得季婉頭皮劇痛，跌坐回錦凳上，才發現鏡中不知何時多了一人。

玄色的束腰錦袍裹著男人高大健碩的身軀，金線刺繡的夔紋繁複，行走間西域特色的寶飾流光溢彩，季婉起身想往內室去，卻不及闞首歸快。

大掌按著纖弱的肩頭，她只能乖乖地坐在那裡，侍奉的人都退了出去，他拿起了象牙梳替她梳髮，動作生疏又輕緩。

「若是不舒服就讓醫士過來，府中近日來了一人，針灸之術很是不錯。」

還不等他說完，季婉就慫了，轉過身懨懨道：「不要，我怕針！呃，你的臉……」

原本白皙完美的俊臉上，不知何時多了幾道不深不淺的紅印，顯然是被人抓的。季婉意識到是自己幹的好事後，後背冷汗直冒。

「我喝醉了，不是故意的！真的！」

闞首歸扳著她的肩頭將她轉了過去，繼續梳著手中的烏髮，似笑非笑地看著不安的季婉，若無其事地道：「笨蛋，就算妳是故意的也無妨。」

季婉才不信他的話，怕他會有後招，一直不敢放鬆警惕。

他俯身將下頜抵在了她的肩頭，抬著手臂用指尖沿著鏡面劃過倒映的柳眉櫻唇，往下移去，最終點在了她起伏的胸口處。

「因為是妳啊。」

怦怦！

季婉按住了自己的心口，那裡跳得太快了！

壓在肩頭的男人已經退開，修長的手指不疾不徐地替她挽著頭髮，似乎很享受這個過程。

醉酒的鬧劇後，一個依舊是小心翼翼，一個亦是耐心等待，但是似乎有什麼開始慢慢改變了。

闞首歸的府邸很大，季婉最喜歡去的便是養了錦魚的湖畔，石柱拱月牙的露臺臨水而建，結滿鮮花的藤蔓盤旋，金色的紅色的輕紗飛揚，倚欄而坐，季婉慢慢地撒著手中的魚食。

「裡面好些魚都是巴菲雅公主送來的，聽說公主府中也有個這樣的湖，可惜……希望公主能幸福。」萊麗持著羽扇的手微頓。

季婉點了點頭：「她會的。」

出嫁的隊伍已經走了足足五日，但是距離目的地還遠著呢。

遊廊一端的盡頭，穿著長裙的侍女疾跑而來，看見季婉時，氣喘吁吁地道：「王子妃不、不好了，剛剛傳來消息，巴菲雅公主的送親隊伍被襲擊了，公主她……」

「公主怎麼樣了！」

侍女是以前跟過闞平昌的人，以至於說起消息時，哭得相當淒慘，「死了，都死了！」

季婉手中的銀盤落在了地上。

第十六章

送消息回來的人，是闞首歸安排送親的侍衛，撐著最後一口氣告知完消息後，就斷了氣，送嫁的千人隊伍全死在了沙漠裡。

闞首歸帶人趕到時，大半屍首早已淹沒在黃沙中，屍橫遍地，鮮血甚至將沙丘染成了一片紅色。他下令尋找闞平昌卻是無果，靠近車駕的那一帶多是流沙區，找不到屍體，可能是沒入了流沙中。

季婉入了王庭去看阿卓哈拉王妃，闞伯周去世後，她被奉為了大妃，依舊居於王庭。寢宮裡瀰漫著散不去的陰霾，消息傳來後，大妃便昏了過去，一連幾天都不曾醒來。季婉侍立在榻側，眼看著中原來的醫士施針，待他收針後，忙問道。

「大妃如何了？為什麼會醒不來？」

醫士面色隱晦，起身將季婉請到了外殿，四下無人時才敢說真話：「大妃如此情況罕見，若只是受激過度，不會醒不來，下臣懷疑是中毒了，可惜這種毒太過刁鑽，很難看出。」

季婉愕然，柳眉緊緊皺起，哪怕醫士還不敢確認，她卻有了幾分把握。

「大妃遲遲不醒，只怕是應了先生的猜測，還求先生再仔細診治，務必查出是什麼毒。」

如今闞平昌生死未知，大妃又中毒不醒，無疑是給了闞首歸致命的打擊，最終的受益者是誰，顯然就是那個幕後黑手了。

「萊麗，立刻讓人去傳信，告訴他……」季婉喚來了萊麗，在她耳邊私語一番：「讓人在後面悄悄跟著，看看送信的人能不能出王庭去。」

吩咐完後，季婉回到了內殿裡，心緒久久不能平靜。時間一分一秒過去，萊麗再回來時，神色十分不安，湊近季婉的身側說道。

「送信的人還未出王庭就被帶走了，娘子，我們該怎麼辦？」

果然如季婉所料，她委實沒想到闞義成會如此心急，剛坐穩王位便要剷除闞首歸，連闞平昌和阿卓哈拉都不放過。這會兒她若是帶著大妃離開王庭，八成會被直接扣下。

「讓外面的侍衛暗中戒備，若是闞義成的人來了，必須擋在外面！」

入王庭時季婉帶的侍衛並不多，再加上大妃的人，若是闞義成要強攻，只怕抵擋不了多久。現下只能裝作不知道，拖延時間等著闞首歸回來。

未至傍晚時，有人奉王命請季婉去西宮用膳。

「多謝大王的美意，只是大妃如今情況不好，我暫時還不能走開。」

奉命前來的人也精明得很，只笑了笑，鞠著腰便道：「來之前王說了，請王子妃務必前去，若是擔心大妃，他那裡倒是有些靈藥，王子妃親自去取，自然要給的。」

季婉臉色微變。

話外之音已經很明顯了，為了讓她過去，闞義成不惜拋出解藥的餌來。為了大妃，她確實不得不去了。

走在金壁長廊上，季婉早已沒了初次來這裡的新奇感，這是闞義成以前的住處，開春後的碧樹花影開始繁茂，入了了無人影的庭苑，季婉就看見一身漢家深衣的少年坐在地氈上，倚著引囊將魚食投入花池裡。

「就知道阿婉會來，我等妳好久了。」

季婉目光幽幽掠過闞義成的臉，他笑得格外溫和無害，招手示意她過去，她卻遲遲不動。

他頗是失落地道：「我若是心情不好，這東西倒了也罷。」

只見他拿起一指小瓷瓶，傾出的藥液慢慢流入池中。

「住手！」季婉大概猜到是解藥了。

闞義成手一抬，終於不倒了，眉目間隱約有了喜悅，長指摩挲著玉瓶，緩緩說著：「誰也解不了的毒，唯獨這東西可以，奈何世間只此一瓶，阿婉要珍惜。」

季婉負氣地上了地氈，卻不坐下，闞義成已經對她動過殺心，這會兒她怎麼敢掉以輕心。

「我很不喜歡別人站著和我說話，瞧，這些都是妳喜歡吃的，不坐下嘗嘗嗎？」闞首歸指了指地氈上的小几，上頭擺滿了水果，抬頭看向緩緩坐下的季婉，笑道：「真懷念妳第一次來這裡的時候。」

季婉冷哼，那時她一心當他是朋友，尚不知這人的惡毒心思。

「闞義成，多行不義必自斃。」

聞言，闞義成笑出了聲，對上季婉厭惡的眼神，神情陡變，惡狠狠地道：「他們都該死！闞伯周禁錮了我母親十幾年，哪怕娶了妻也不放走她，她又做錯了什麼？而阿卓哈拉，為了報復闞伯周，用藥毒死了我母親，我眼睜睜看著母親七竅流血而亡，妳告訴我，到底是誰多行不義！」

被闞義成失態地抓住手腕，季婉疼得臉色一白。

「我忍了這麼多年，終於不用再忍了，誰也別想活，統統都得死！」

他眼中的陰毒讓季婉不寒而慄，掙不開他的手，反而被拉得往前一傾，小腹實實地撞在了案几的尖角上，痛得她額間冷汗隱隱，還來不及說話，就被闞義成壓在了地氈上。

「放開我！」

少年冠玉般的面龐因為情緒過激而染上了一層瘋狂，冰冷的長指急迫地撫摸著季婉慘白的臉頰，興奮地說：「阿婉別怕，我不會殺妳的，我怎麼捨得呢，我愛妳啊。」

方才那不慎一撞，季婉只覺得下腹墜痛如刀攪般，急促地倒抽著氣，疼得話也說不出。反倒是闞義成整個人壓在她的身上，情緒更失控了。

「妳不是已經拿到玉珮了嗎！不是可以回家了嗎！為什麼還要留下來！為什麼！是愛上闞首歸了？放心，用不了幾日妳就能看見他的人頭了。不回家也好，留下來陪我吧。」

他的目光灼灼，湊在季婉耳畔低語後，把自己的嘴唇重重壓在她的唇上。

她的唇很涼，褪去血色的淡粉美得讓人衝動，想用力地去咬。

季婉卻已經疼得意識模糊了，雙腿間似有熱流湧出，伴著鑽心的疼，緊緊抓住了闞義成的手臂，顫顫巍巍地道：「叫、叫醫士來！我、我肚子好疼……」

闞義成皺眉，面上的瘋狂凝住了，微抬起身遲疑地往下看去，才發現她穿的月色菱花裙上暈染了大片血跡，觸目驚心。

「妳懷孕了？」他不確定地冷冷問道。

季婉也難以置信，生平第一次體會到如此劇痛，卻是自己的骨肉要離開自己！她甚至還不知道這個孩子是什麼時候有的……心一沉，拚了最後的力氣死死抓住了闞義成。

裙襬上的血跡越來越大片，空氣裡瀰漫著血腥味，極短的時間內闞義成便做出了決定。

「救他……求你……」

他盤坐在地氈上，扣著季婉纖瘦的肩頭將她抱在懷裡，神情淡漠得可怕，嘴邊甚至掛起一抹笑意，抓起她的手，一同輕放在她的小腹上。

「阿婉說說，這是不是老天爺都在幫我？乖，忍一忍，等會兒再喊醫士過來吧。」

徹骨的寒意連同絕望襲來，看著裙間的血越來越多，季婉紅著眼睛開始掙扎，這是她的孩子！

闞義成卻將她抱得死緊，便是她將金簪插在了他的肩上，他也不曾鬆手。在季婉沾滿鮮血的手拿著簪子朝他頸部刺來時，他輕鬆地躲開了。

手腕撞在他肩上，金簪從顫抖的指間脫落，那是季婉最後能用的東西了，慘白的臉上除了淚水還有他的血，生生的劇痛讓她忍不住尖叫。

「你會遭報應的！」

「還疼嗎？」坐在榻沿，闞義成擰著微涼的巾帕替季婉擦拭著額間的細汗，無視掉她眼中的濃濃恨意，頗是溫柔又憐惜地問。

季婉卻最清楚這溫潤的表面下掩藏著怎麼樣的狠毒。

空洞的美目中聚集了憤怒，乾澀的唇角微動：「他會回來的，他會回來殺了你，他會為我們的孩子報仇！」

闞義成將手中巾帕扔回了金盆裡，驀然抓住她的手，在她厭惡地想抽回時，更緊地握住，也不理會肩頭的傷口隱隱作痛，定定地看著季婉。

「知道我派了多少人去殺他嗎？六千，個個都是以一敵十的人，闞首歸會被碎屍萬段，死在沒人知曉的沙漠裡……而妳是我的了，若是想要孩子，等妳身子好了，我們也可以生很多孩子。」

季婉咬緊牙根閉上了眼，不再看他那張讓人作嘔的臉。

她很清楚，闞首歸會回來的！

很顯然，即使派出了數倍的人馬圍殺闞首歸，闞義成也註定失敗，闞首歸攻入王庭這一日來得很快，快得闞義成沒有半點防備。

提著滴血的長劍踉踉蹌蹌地走進殿中，闞義成的目光鎖定在床上，隆起的薄被下隱約能看出窈窕的人形，他遲疑片刻，抬起了手中的劍。

「既然生不能在一起，那便一起死吧！」

長劍重重劈下，填塞羽絨的錦被破碎，露出了下面藏著的枕頭，季婉早已不見了蹤影。

闞義成愣怔了一下，目光凌厲地掃過奢靡的寢宮，在他進來前殿門是鎖上的，所以季婉根本不可能出去。

「我知道阿婉藏著的。沒關係，我還有時間，等找到了妳，我們就一起死，好不好？」

季婉確實藏在殿中，而且就在殿門近處的紫金桌案下，垂下的織錦桌旗剛好遮住了裡面，她本是打算在闞義成進來後就往殿外跑，不料外面還有人守著。

「是躲在這裡嗎？還是這裡呢？」

長劍揮砍的聲音越來越近，季婉捂住了嘴，深怕自己發出聲音，她才不想和闞義成這個瘋子一起死！

「找到了……」

眼前突然一亮，季婉驚愕地轉過頭，對上了闞義成猙獰的笑意，如厲鬼般讓人毛骨悚然，整個人被他拽出去的瞬間，季婉奮力一掙，從地上撿起了被他扔開的長劍。

她甚至沒有絲毫猶豫，將劍劈向了男人。

滴答、滴答……

闞義成用手握住了長劍，季婉懼然震驚，他卻連手都不鬆，就勢握著劍刃朝她的頸間壓去。

季婉倉皇地退了幾步，後背猛地撞在金壁上，頸間驀然一股刺痛。

「唔！」

「我們一起……」

就在他壓著刀刃往雪頸上最後用力一按時，到口的話再也不曾說出，怔怔低頭，從後方插入的彎刀穿透了他的胸膛，血水噴出的片刻，他跌跌撞撞地轉過了身。

「闞……首……歸……」

第十七章

那一刀貫穿了闞義成的胸膛。

他倒在血泊中，不甘地看著季婉，顫著嘴想說什麼，卻只發出了抽氣聲，抬起的手落了下來。

瞪圓的眼、噴濺的鮮血……

季婉驀然睜開眼，急促的喘息也驚醒了身側的闞首歸。這一個月來，季婉總會夢中驚醒，他本能地將她攬入懷中，輕聲安撫。

「別怕，只是個夢而已。」

闞義成死不瞑目的樣子在季婉心底留下了不可抹滅的記憶，夢中的他甚至從血泊中站了起來，又拿起了劍朝她逼近，猙獰地笑著。

發現季婉顫得厲害，闞首歸伸手抬起她的臉，指腹摩挲著她蒼白的面頰，沉聲道：「阿婉，看著我，他已經死了，我不會讓任何人再傷害妳的。」

季婉恢復了幾分清醒，將臉再度埋入了闞首歸懷中，她現在需要安全感，而這種感覺只有他能給。

同時，她忍不住摸了摸平坦的小腹，那日的痛更是不曾忘掉半分。

她和闞首歸的孩子就這樣沒了，她很難受卻隱約又生出了一絲慶幸，而這不該有的慶幸讓她有了罪惡感，即使她不愛這個男人，但是孩子又何其無辜。

闞首歸自然注意到她這個動作，目光微厲，那是他期盼已久的孩子，便是將闞義成挫骨揚灰，也抵消不了心頭的恨。

清晨，闞首歸早早去了前宮接見大臣們，如今闞義成已死，他的黨派卻依舊存在，王城裡盛傳著闞首歸弒父殺弟奪位的消息，闞首歸乾脆坐實了名頭，繼位為王。

一切都和歷史一樣，沒有太大出入。

季婉用過早膳，醫士便準時過來請脈，這次流產傷了身子，哪怕是調養了一個多月，整個人也大不如從前了。加之闞平昌生死不知，阿卓哈拉大妃中毒去世，件件壓得她心頭滿是陰霾。

隔著絲帕探脈許久，醫士才看了眼一身素裳的季婉，嘆息道：「王妃這是鬱結在心，若是長此下去，只怕不利，萬千金貴的藥也是無效。」

季婉懨懨地點了點頭，便讓侍女送人出去，遂問到萊麗：「烏夷國王一行人走了？」

「昨日便出發了。」

那烏夷國王倒是個疼愛女兒的好父親，得知闞義成身死，便帶著大量的寶物來了高昌，請求接阿依娜回烏夷國。闞首歸自然不屑殺一個女人，而阿依娜也不曾做出格的事，也就應了烏夷國王。

轉眼又過了兩月，王事穩定，王庭裡也恢復了往日的輝煌。酷暑時節，闞首歸帶著季婉去了一趟夏宮。

金壁長廊攀著簇簇芙蓉，百來根渾圓的白色石柱在湖畔高高撐起大殿，瑩白的薄紗隨風輕舞，烈陽灼著金粉，是絢麗的流光溢彩。

闞首歸入來時，季婉斜臥在涼榻上，似乎睡熟了，旁側的冰鑒散著絲絲涼氣，他俯身撿起了掉在地上的薄衾，蓋在她身上。

未料這樣細微的動作還是驚醒了她，長睫忽閃，季婉睜開了眼，眼波盈水眨巴了幾下，疑惑問道：「不是說要忙一陣子嗎，怎麼這麼快就過來了？」

「都處理好了。」闞首歸坐在了榻沿，聽著她清音低啞，便端了一杯蜜水餵她。

季婉飲了兩口，也不曾起身，視線轉向了露臺外的碧藍湖畔和沙漠，漫天白雲雲卷雲舒，她很喜歡這個地方，有些不捨地問：「那我們什麼時候回去？」

闞首歸淡笑著揉了揉她的頭，鬆散的髮辮讓鬢角處的青絲半掩了玉容，只顯得季婉慵懶的似貓兒般，嬌媚動人。

「妳若是喜歡這裡，我們就多待些時日。」

季婉求之不得。王庭裡再好，卻總有種壓抑的感覺，她是越來越不喜歡那個地方了。而距離王庭甚遠的夏宮，難得讓她有了輕鬆的感覺，恨不得一直待在這裡。

「不若你回王庭去，我一個人在這裡就好。」

她眯著眼睛笑得好不燦爛，似乎他走了，她會更開心些。闞首歸手一伸掐著她的腰，將驚呼的季婉抱起來橫放在腿間。

「阿婉可真狠心。」

滾燙的灼息若有若無地噴灑在季婉頸間，她訕笑著抵住他的胸膛往旁側躲，卻不妨被闞首歸抱緊了，額頭撞在他的下頜上，疼得直皺眉。

「你是石頭做的嗎！」

闞首歸失笑，替她揉著額間發紅的地方，透著柔柔情意的碧眸幽深不見底，忽而冷聲說道：「我倒真希望自己是石頭做的。」

若是能心如磐石，是不是就不會奢望更多了……

季婉還沒意會到他話中意思，便被闞首歸吻個正著，濕熱的舌攪入檀口，堵得她悶聲嗚咽，想要往後躲，一隻大手卻緊緊扣住她的後腦勺，讓她著實抵抗不住生猛的攻勢，漸漸軟在他懷中。

「唔……」

軟綿的低吟充斥著情不自禁的春情。

「今天可以嗎？」抱著已然迷離的季婉，闞首歸暗聲問道，磁性滿滿的聲音裡是濃濃的欲火。

他已經三個月沒碰她了。

鬼使神差的，季婉點了頭。

男色惑人當真是半分也沒說錯。

季婉迷迷糊糊地被抱上了大榻，白玉如意鉤一晃，鮫綃帳幔落下，闞首歸欺身而上，濃烈的陽剛之氣壓得她渾身發熱，秀氣的鼻頭間聚起了細汗。

「太熱了……」不知何故，聲音自動變得綿軟。

帳中春情漸升，闞首歸自然也感覺到了一絲燥熱，那卻是從體內散出的，纏綿細吻著身下不知所措的季婉，沉聲笑道：「等會兒會更熱……」

緩緩解開了她的裙帶，微涼的大掌貼著纖細的弧度輕揉，細緻的摩挲淺淺下滑至翹挺的臀間，一指磨碾著滑嫩的玉股，隱約有繼續往下的勢頭。

季婉癢得心頭發緊，忙夾住了雙股嬌喘：「不要！」

這種感覺很奇怪，她並不抗拒，甚至還生出了些許期待……這是以往不曾有過的。

隔著未褪的絲綢小衣，闞首歸輕重並用地啃咬著隆起的瑩軟，腦中勾勒著口涎濕透下的嫩乳該是何等嫣然，一掌控著季婉輕顫的半邊嬌臀捏揉，碧色的瞳中暗欲翻湧。

胸前癢得厲害，體內升起的緊張感變得酥麻怪異，季婉漲紅了臉，小幅度地在闞首歸身下難耐扭動著，卻不防被他一指塞滿了花徑。

「啊嗯！別插——」

推動在幽穴內的手指慢慢抵至嫩肉深處，又緩緩地往外拔出，再是平凡不過的抽插，卻刺激得季婉內壁猛縮，他的溫柔終是撥動了她的情欲。

隨著指腹不斷抵出抵進，熱流湧出的感覺越來越強。

含著季婉透粉的耳垂，在她瑟縮顫抖時，闞首歸挑逗著敏感的耳廓，笑道：「阿婉流水了。」

花徑裡且濕且潤，軟的黏膜，嫩的肉兒，吸著手指的緊致肉壁，都是異常地清晰可觸。手指插得深了，擠出的蜜液在穴口上潺潺流出。

三個月不曾擴張過的花穴，緊密如初又有著等待已久的採擷綻放，稍稍用心碾磨，就能勾動花汁橫流。

季婉咬著唇，穴裡的敏感處被闞首歸用手指摳弄得發痠，藕白的柔荑抓緊了他身上的衣物，細聲嬌吟著，柳腰隨著他摸索的深入微微抖動著。

「唔……輕、輕些揉！不、不要摳了——」

「噓，阿婉再這麼叫，我可是會發狂的……」

似是浸了蜜般的嬌媚吟哦，勾魂入骨的酥人心魂，闞首歸很少聽見季婉會發出這樣的聲音，腹下脹痛至極，粗喘著便以唇堵了她的豔唇，將那騷動人心的呻吟吞入自己口中。

本是曲起橫亙花徑中的手指忽而伸展，加了一指併入，火熱的深吻纏綿時，腕間力度大動，雙指在蜜洞裡畫著圈大力攪動起來。

淫膩的水聲陣陣傳來。

「唔唔唔！」

壓在錦衾中的雪色纖腰狂顫，騷亂的快慰從穴心直衝周身，一波波的花水自攪開的灼熱穴口濺出，只看季婉一雙勻稱的玉腿在床間胡亂地蹭動著，繼而又是緊繃地顫抖。

狂亂攪動、左右重拍、齊頭深插……

濕熱的大舌堵住了她所有亢奮害怕的尖叫，季婉差些就要溺斃在這猛然襲來的刺激中，歡愉的淚水奪眶而出，高潮即將來臨！

「啊！」

鋪天蓋地的生理快感絢爛炸開，最後一抵，塞得嫩壁驀然痙攣，手指還未拔出，狂顫的玉門花口，噴出一波波的透明水柱。

季婉徹底癱軟在榻間，兩鬢被熱汗浸濕，紅霞飛浮的頰畔燦如春華，高潮的餘韻彷彿電流蔓延，整個人情不自禁地顫抖著。

「呼呼……」

闞首歸從緊致縮吸的肉壁裡拔出了手指，莫說是手了，連衣袖都被濕透了，看著季婉無力合攏的藕白細腿，濕亮的嬌粉穴口怯怯淌水，稍稍外翻的兩片陰唇，顯然是被他弄得紅腫了。

「只吃著手指就噴成這樣，阿婉等會兒怎麼辦呢？繼續吧。」鼻息間盡是膩膩的淫靡味道，早勾得闞首歸獸欲大發了，擴充過後的肉洞，此時正是最佳插入時機。

季婉早是六神無主，被闞首歸翻趴在榻間，解盡了身上衣物，大片雪膚薄緋透濕，大掌盡情觸摸，娟娟白雪細嫩如絲綢，無限風情嬌怯誘人。

闞首歸不再忍了，抬起季婉的小屁股，蓬勃的熱柱自後面頂上了柔嫩滲水的花口，圓碩的肉頭霸蠻頂開輕顫的陰唇，再往裡用力，就入了美妙銷魂的花肉中。

「嗯哈！呃……」硬邦邦的肉柱火熱，滾燙的一個勁兒往花徑裡擠，撐開的媚肉又痠又癢，有著不可言喻的盈滿快慰，也有著過分粗巨的恐慌。

淫膩的穴肉本能排斥，緊窄異常，擠壓得令闞首歸呼吸大亂，眸中狂色一閃，扣著季婉顫抖的小腰重重一撞，便整根沒入了蜜洞中，耳畔細軟的嬌啼瞬間變成了承受不住的哭喊。

「嗚！好脹！」

季婉驚促地啜泣著，白皙纖細的十指死死抓緊身下的東西，雙膝根本就跪不住，緋紅的臉兒貼在錦衾中黛眉輕皺，努力適應著下身的暴脹之感。

就著淫水的輕緩抽動，季婉驚呼著，越來越覺得那東西過分粗大、硬挺，怒張的火熱重重碾磨過細嫩的媚肉，讓她一陣騷亂顫慄。

「呼……呃，不要撞！會壞、壞的……唔！」

抬起的嬌臀被闞首歸強有力的胯骨撞得發麻，濕漉漉的玉腿緊夾著他的腰間，穴口處承受著重力的衝擊，泛起的熱癢漸入骨中，而送入的力量又直接擊在她的花心上，那般敏感萬千的軟處，瞬間酥得內壁更濕了。

紫紅色肉柱翻攪著豔麗花肉，闞首歸垂眸欣賞著挺入的畫面，只覺那撐開的喇叭花口可憐極了，那般小，似乎再用些力就會裂開。

不過他卻是最清楚這地方的柔韌性了，再肆意地操弄，也不會裂開。

「是嗎？那阿婉捨得我出去嗎？瞧瞧妳這張小口，我一退出來，就拚命地往裡吸……」

肉棒粗碩，填充著嬌小的花徑，肆無忌憚地往更深處頂去，駭人的充實感讓季婉咬住了手指，嬌嫩的膣肉黏膜火熱，不由自主開始用力夾緊，騷媚的肉兒纏繞著抽動、頂入的龐大巨柱，一時間濕濡萬分。

方才那股泄身時的暢爽更強烈了！

沉重的抽插並不急迫，而是著重用力度去撞擊整個肉洞，較之手指，更粗的肉棒顯然將激發出季婉更多情欲，一擠一捅，再用力地搗，流到腿間的蜜液越來越多。

季婉情不自禁地沉淪了，呻吟聲越發急促，也越發地高亢：「啊啊……呃嗯！好、好舒服！再重些！嗚！不要快……好麻……唔唔！」

「都依妳，阿婉叫得再浪些！喜歡我這樣對妳嗎？告訴我！」闞首歸嘗著入骨的銷魂，緊繃的肉柱深契在濕嫩的花壺裡，狠狠一頂，對準了嬌怯發顫的花心又重又猛地搗擊。

柔弱無骨的玉白嬌軀一陣狂顫，季婉迷亂地抓緊了身下凌亂的錦衾，哀婉難耐又似是舒爽至極地連連哭喊著：「喜歡喜歡！呀啊啊啊！」

提著她的細腰，闞首歸霸道地馳騁著，將久久不曾發洩過的欲火頂到了沸點，一抵一抽間，無邊的柔嫩穴肉更甚媚人，拚命地吸著他的分身。

最是直接地感受著她體內的濡濕、緊密。

肉欲靡麗，春情盎然。

男人健壯的臂膀上滲出了細汗，控制著女人的下身，大力聳動著腰部，節奏急促地拍擊著胯間的翹臀，額間青筋暴起，眸中蘊染著可怕的熾熱。

「不要了不要了！啊！停停……」

溫熱的蜜流飛濺，亂了心魂的窒息快慰侵占了四肢百骸，交織的熱浪在衝撞的搖晃中加劇，正待叫喊著，停也沒停的大力操動直接撞得她泄了，整個人被頂得往前一傾，堵在裡頭的巨棒瞬間拔出。

萬千酥癢急烈蔓延體內，讓人忍不住尖叫的極樂久久才退，空蕩的肉壁不由自主痙攣，濕濘的蜜流爭先恐後地自穴口溢出。

闞首歸卻還不曾射，撈起似是剛從水裡出來的季婉，馨軟的玉體上又是香汗又是淫水，忍不住張口去啃咬纖弱的雪肩，再揉捏了幾把嬌軟的胸部。

「阿婉受不住了？」

問也是白問，這會兒季婉都是空茫的，美目中是抹不去的水霧，灼滿了情欲的迷亂，玉體的痙攣逐漸止息，腿間的流溢卻還是多得驚人。

闞首歸撫弄著顫動的陰阜，穿過疏淺的毛髮摩挲著濕漉漉的嫣紅花唇，那處腫得厲害，手指一搓，懷裡的季婉就是一震，他忍不住將手指探了進去，肉棒摩擦過後的穴內熱得緊縮。

從淫滑的穴肉裡抽出手指，又將季婉放回了濕亂的床間，抬起兩條玉色的秀腿夾在腰側，以最正常的姿勢再次進入。

「嗚——」痠脹感襲來，季婉無助輕吟起來。

更甚硬碩的巨棒占據著淫嫩的花壺，卻翻騰著比之前更可怕的力量，狂重的操入凶猛而迅速，撞得季婉視線都恍惚了，在闞首歸俯身抱住她時，雙手用力地抓緊了他的後背。

「嗯——」肩背上的疼更加刺激了欲望中的男人，壓著纖美的女人，將所有的力氣都用在了她身上，擠入得越深，肉壁就吸得越緊，拍打在股間的囊袋也越來越脹。

奇妙難言的快慰混雜，生猛的撞擊讓季婉無助地哭叫起來。

「啊啊啊啊！」

「阿婉再忍忍，馬上就射滿妳……」

撞入宮口後，讓玲瓏雪白的玉體緊繃起來，淫靡的空氣中，闞首歸理智盡失，肆意地貫穿著蜜道，大口啃咬著她香滑的肌膚，斑斑青紫的痕跡刺激了他。

欲望到達巔峰的頃刻，兩人都發出了情不自禁的喊聲，碩大的龜頭撐在子宮裡，暢快地噴射著。

精如泉湧，帶著力道注射在體內深處，那樣的感覺刺激得可怕，季婉下意識奮力掙扎，卻被闞首歸緊緊抱著，終是逃不過火山噴發般的濁流。

也不知過了多久，迷亂漸漸平息，兩人都是一身熱汗，黏黏膩膩地怪不舒服，季婉虛弱地推了推身上的男人。

「快拔出去……」

饜足的闞首歸低低笑著，低啞地在季婉耳邊道：「阿婉今天真乖。」

如此兩廂情悅的水乳交融，真是美妙極了。

第十八章

一下午的時光就這般過去了。臨近傍晚時，闞首歸抱著暈沉沉的季婉去湯池沐浴，換了衣裙後就讓她繼續睡，自己則出去了，再回來已是幾個時辰後。

「阿婉醒醒，快子夜了。」

季婉睡得沉，周身又乏力，虛睇著水漉漉的眸看了看闞首歸，還有些搞不清楚狀況，便被他打橫抱了起來。

寢殿裡燈火通明，夜裡降了溫，闞首歸撈過一件披風遮在她身上，帶著她坐在了擱著引囊的錦氈上，又將紫金案几上的食盤推到她跟前。

「差點錯過了時間，吃吧。」

季婉揉了揉眼睛，總算清醒了過來，看著桌案上的湯麵又看了看對面的男人，柳眉微蹙：「這是？」

「兒時每年生辰，奶母都會煮長壽麵給我，她說是北地習俗，祈個長壽平安的福，後來她死在了沙漠裡，就再也沒人給我煮過。我只見過她弄，現在學來倒不知對不對。」闞首歸冷峻的薄唇側淡含著笑。

「你怎麼知道是我的生日？」

捧著湯碗，季婉愣怔了須臾，今天是她的生日，因為弄不清古代的曆法，她特意找了萊麗幫忙算，才確定就是今天，想來是那小丫頭告訴了他。

陶質的湯碗沉甸甸，溫熱的湯裡散著麵香，夾起粗細不勻的麵條，顯然是闞首歸親手做的。

季婉忽然紅了眼，去年的今天她還在現代，親朋好友都為她一人慶祝。而她唯一回家的機會，卻毀在了這個一心說愛她的男人手裡。

闞首歸自然明白季婉在想什麼，心中苦澀難言，世間安得雙全，若是放她離開，他又該如何度過餘生？所以他不後悔自己這麼做。

「別哭了，快吃吧，往後每年我都給妳做。」

看吧，不要緊，他和她還有一輩子的時間。

那夜過後，季婉的心情低迷了好幾日才恢復，闞首歸便帶著她回王庭去了。

如今他已是高昌的王，自然與往日不同。他本就有卓越的政治能力，處理王事倒是比他父親闞伯周更上一層樓，加重軍事，增開商路，大修律法，一年的時間便如此過了去。

今日王庭行宴，季婉身為王妃自然要出場，同闞首歸並肩坐在最高處，看著下面觥籌交錯，豔舞笙歌，早已痠疼的腰背靠在橢圓的流蘇軟枕上，僵得難受。

闞首歸放下了酒杯，就著寬大的衣袍掩護，悄悄伸了手過去替季婉揉腰，卻被她沒好氣地瞪了一眼，本是沉穩漠然的面龐上，瞬間多了一抹笑意。

「就快結束了，晚上再……」

他忽然靠近，戴著王冠的他比往日更甚威嚴，俊美妖異的臉上露出只展現給她的笑，看得季婉有些晃神。

忽而，感受到腰間輕揉的大掌不正經地往下捏去，害她呼吸一亂，不動聲色地推開了他的手。

「你別胡來！」

明知今夜行宴，下午才換上王妃禮服，就被獸欲大發的闞首歸壓著吃了個遍，導致現在腰痠背痛得厲害，禮服因為沾了不該沾的東西，也沒辦法穿了。

闞首歸笑得更甚了，碧眸幽光璀璨，握著季婉的手在掌中摩挲，眼看薄唇就要湊上她淡施脂粉的臉頰，卻發現了她的異樣，順著她的目光往下面看去，柔情寵溺的眼中瞬間凝成了冰霜。

一如那年晚宴，阿依娜的出場更加豔麗了，如今她有著無人能敵的成熟風韻，蛇腰豐臀款擺，白皙的雙腿半隱半現在紅色的裙紗中，赤足走過，幽香中鈴聲淺淺惑人心。

染著紅寇的芊芊十指端著一盞金杯，婀娜多姿地上了玉階，額間一點朱砂嫣然，再是那豔逸的姿容，確實有著顛倒眾生的本事。

「阿努斯，好久不見。」

季婉看著她步履輕盈地走近，露腰的蹙金小衣裡裹不住渾圓的雙乳，往場上一看，竟然有人已經流了鼻血。

闞首歸不曾說話，睨著阿依娜，目光冷得出奇。

季婉好奇地看了看他，才明白他八成已經忘了這女人是誰，不免有些想笑。

年初時烏夷國臣服了高昌，烏夷國王還曾想奉上阿依娜給闞首歸做妾妃，闞首歸很不給面子地拒絕了。

說好的青梅竹馬，一起長大的情誼呢？

阿依娜也不覺得尷尬，端著酒杯妖嬈一笑，用高昌話說道：「敬我的王。」

殷紅的酒液從她的唇間溢出，蜿蜒著雪頸淌入了高隆的乳溝中，殿中一時靜謐得詭異，也不知是誰咽了一聲口水，刺耳極了。

本以為闞首歸會回敬她，哪怕是意思意思也好，沒想到他連眼都沒抬，態度極為漠然。

「下去。」

阿依娜當然不會自討沒趣，勾著精緻的紅唇，斜睨了季婉一眼，微微頷首致禮，才轉身離去，入了場中便是男人環伺。

這個小插曲就這麼過去了。

季婉並沒有等到晚宴結束，就先行離開了，在王位上坐了太長時間，血脈不通的雙腿都快麻了。

坐在配殿裡等肩輿過來，萊麗一邊替她揉著腿，一邊說著話。

「她那樣的身分還想給王做側妃，真是癩蛤蟆想吃天鵝肉！」噗。

季婉戳了戳萊麗的額頭，沒好氣地道：「哪裡學來這些話的？她再怎麼說也是一國公主，往後不可亂議。」

阿依娜嫁給闞義成，做了不到半年的高昌王妃，闞義成死後被接回烏夷國，雖沒再出嫁，關於她的風流韻事卻不絕於耳。如今高昌強大，烏夷國自然是想法設法地要拉攏關係。而拉攏關係，又有什麼比姻親更直接？

未料，闞首歸卻毫不稀罕。

就這點而言，季婉是滿意的，她的婚姻觀念就是一夫一妻，闞首歸完全沒有半點出軌，在王庭裡甚至連侍女都很難近他的身，他更是明確地說過只娶一名王妃。

其實，這一年的日子也沒有想像中難過，即便缺少季婉的愛，夫妻間相處的也算融洽，他不逼她，她也願意和顏悅色待他。

萊麗嬌憨地撇了撇嘴，她伺候季婉的時間最久，和其他侍女自然不同。

「王妃妳就是太心善了，若我說，就該早些打發她走。雖然王看不上她，萬一她使些什麼手段……」

徐徐清風中傳來了金片珠璣的脆響，這聲音季婉不陌生，慵懶地斜坐在軟榻上，朝萊麗揮了揮手，只片刻功夫，阿依娜的身影就出現在了門口，踩著地氈而入，目光放肆地盯著季婉。

「王妃還不曾走呀？」

季婉盈然挑眉，她的侍女就在外面，只要有意尋來就該知道她還在，看來阿依娜是有事要和她談了。

「公主若是有話，但說無妨。」

好看的女人天生就會產生敵意，更別說喜歡同一個男人了，阿依娜對季婉的敵意相當濃厚，腰肢款擺坐在了季婉不遠處，媚眼如絲。

「幼時在高昌的日子比在烏夷還多，想想那些時候倒是懷念得很，只是沒想到巴菲雅那丫頭死得這麼早，真是可惜了。」

季婉的臉色有些沉了，闞平昌生不見人死不見屍，一直是她和闞首歸心中的結，如今阿依娜這般口氣，實在令人生氣。

「公主若真是覺得可惜，不妨去陪陪平昌，她定會很高興的。」

「妳！」阿依娜沒想到季婉平日瞧著溫和柔美，說話卻如此毒辣，冷哼一聲：「牙尖嘴利的丫頭都沒好下場，王妃可要注意了。」

季婉也不甘示弱：「這句話更適合公主吧。」

阿依娜精緻的面上微微扭曲，很快又恢復了正常，妖媚的茶色瞳中盈滿冷意：「都是些無用的話罷了。妳聽好了，我要入王庭，做阿努斯的第一王妃。」

她趾高氣揚的模樣讓季婉忍不住發笑，清聲說道：「那就做啊，端看妳有沒有那個本事。」

「我的背後是烏夷國，雖不及高昌，卻在西域不可小覷。妳可知北地副伏羅部已經悄悄靠近了？他們可是擁有極其凶殘的十萬兵眾，阿努斯需要一位出身強大的王妃，而不是妳這個連家都沒有的低微漢女！」

副伏羅部！

季婉面色劇變，腦海裡第一時間出現了那人的身影，若是沒記錯，他們的首領應該就是阿伏至羅了。

「記住我的名字，阿伏至羅，妳終將為我所擁。」

看見季婉的失態，阿依娜更加得意了。副伏羅部徙倚的消息還未傳開，她卻是等不及擺出自己的王牌，烏夷國目前雖是臣服高昌，可是真心與否還得看她父王的意思。

「看來妳也知道此事的嚴重性了吧？高昌必定成為副伏羅氏第一個目標，我若是做了高昌王妃，不止烏夷國，還可聯合其他幾國相助。至於妳……阿努斯既然喜歡，我自然不會趕妳走，妳讓出正位，往後我們便以姐妹相稱。」

雖然不願意和低微的漢女共處一室，阿依娜一想到闞首歸那可怕的眼神，也只好忍了。

季婉所有的心思都放在了阿伏至羅的事情上，也不知道阿依娜是何時離開的，直到萊麗喚了她好幾聲，她才回過神來，迷茫地坐上肩輿回去寢宮。

副伏羅部前來的時間提早了，卻也驗證了歷史的記載。

但是結局呢？會不會和歷史一樣？

闞首歸一回到殿中，就見季婉坐在露臺上，外間又是繁星滿空，掀開嫋嫋紗幔，高大的身形從後面貼上了纖美窈窕的她。

「怎麼還沒睡，不是說累了嗎？」

下頷擱在她肩頭上，濃烈的酒香刺鼻極了，季婉往旁側縮了縮，卻被闞首歸挑眉抱得更緊，赤裸的蓮足離了地，轉眼間他就抱著她坐在了護欄上。下面是涼風陣陣的小廣場，隱約能就著月光看見清澈的流水上有蓮花飄動。

「你做什麼！快下去，很危險！」

這掉下去不死也得殘，季婉不敢亂動，溫軟的腳兒踩在闕首歸的足間，兩人的腳都是白如羊脂玉般完美。

「別怕，我怎麼會讓妳掉下去？乖些，快看月亮。」

明亮的月牙掛在天際，忽而被團團烏雲蓋住了，月色瞬間朦朧，雲散時，月尾處隱隱露著一抹殷紅，看著不祥極了。

季婉皺眉，轉頭去看抱著自己的男人。

「聽阿依娜說北地的副伏羅氏來了，他們有十萬眾……」

這些事闕首歸很少告訴季婉，他並不想讓她分心注意別的事，碧綠的狼目微闔，低頭啄了啄她光潔的額，笑道：「就算有十萬眾又如何，鹿死誰手怎可知？」

季婉斂眉，將額頭抵在了他的胸前。結局是什麼她很清楚，可是她現在越來越害怕那個結局了。

他真的會死嗎？

第十九章

順勢握著季婉冰涼的手，摩挲著掌心間的細嫩，闞首歸收斂了笑，知道季婉在擔心他，心中竟升起強烈的愉悅感，長臂緊緊地抱住她的腰，吻上了她微涼的唇。

「阿婉，我若是死了，妳會傷心嗎？」

這一吻纏綿又深入，待他退離時，季婉紊亂地喘息著，微腫的紅唇被闞首歸長指撫弄，她想也沒想便張口咬了他一下，恨恨地道。

「你毀了我回家的機會，若是死了，我怎麼辦？」

闞首歸一愣，倏地大笑起來，連連說道：「好好，我不會死，就是死也要帶著阿婉一起，可好？」

季婉心中刺疼幾許，面上卻佯裝生怒，清冽的聲音憤憤道：「誰要和你一起死！」

月色迷離，寒風冷清，闞首歸就這麼抱著季婉，在她看不見的角落，幽沉的眸色暗濃，大掌貼上她溫軟的頰畔，將自己的面龐也湊了上去，再次認真地問。

「我若是死了，阿婉會哭嗎？」

季婉不知道，而闞首歸也沒給她回答的機會，抱著她大步回了內殿去。

「啊……啊！」

他胯下的動作又重又狠，頂著深處的軟肉一個勁地猛撞，黏膩水聲淫亂，季婉根本受不住，抱著他的窄腰哀婉地泣叫著。

「頂……頂呃呃，慢些……嗚！」

肉體深處的摩擦，帶起的酥麻快感癢遍了周身，碩物強烈衝擊下，季婉只覺一大股東西流了出去，臀後都濕透了。這樣的膩滑淫靡又羞恥，卻又忍不住張開了雙腿去迎合。

闞首歸微抿著薄唇，滾動的喉頭間滲出暢快的低吟，雙臂撐在季婉的身側，高大健碩的男軀幾乎將她遮得嚴實，情欲凶戾的碧眸炙熱，看著那對不住搖晃的瑩軟奶團，腰下大出大進著。

退出大半的肉柱猛插，水潤的入穴聲響得極致，徜徉在緊緊蜜蜜的花壺中，繃脹的分身帶來蝕骨銷魂的摩擦快感，從脊柱直衝大腦，只見汗濕的肩背狂野，再往下就是亂了節奏的快速。

季婉如同翻湧在風浪中，唯一能撐住的重心，正被男人亢奮地進攻著。躲不開又擠不出，被兒臂粗碩的巨物塞得深了，發狂的歡愉刺激地又痛又爽。

嬌嫩瑩白的小腳在闞首歸腰間晃著，相抵的胯部盆骨處盡是濕漉漉的，哪怕裡頭的媚肉吸得再緊，抽插頂弄也是極致暢順。

「阿婉，是我的……」

他似是入了魔，讓嬌軀側臥在凌亂的床褥中，折著一條玉腿對準了淌水的蜜花嫩洞插了進去，硬碩的龜頭直直撞在微開的宮口上，柱身被幽窄的膣道緊緊裹住。

「啊！」季婉尖叫著抓緊了一方軟枕，被側腰而進的感覺格外刺激，從新奇的角度體驗著猙猛肉柱的貫穿。

肉冠剮蹭著嬌嫩的穴肉，淫膩的細幼吸得闞首歸雙臂發緊，抬高了季婉的腿，加重粗喘，奮力地搗著顫慄的花徑。

塞滿、抽空、再被重頂……

洶洶快感淹沒了季婉，丹唇間溢出的呻吟滿足又嬌媚，霧濛濛的美眸看去，只看見掌控著她的男人，俊美妖異地不似人般，過分的馳騁撞得她說不出完整的話語。

「呃呃呃！唔嗯！啊……」

闞首歸高挺的鼻梁滲著薄汗，掐著季婉羊脂玉般細嫩的腰，在燃燒的情欲中一遍遍尋求契合。

不管是深入還是淺插，濕潤的吸附力道都如影隨形，那是她在需要他，最直接的引誘和渴望，勾引著他撞擊，大力地撞，不停地撞。

「叫我的名字，阿婉，叫啊！」

他又換了姿勢，肉棒甫一抽離，季婉瑟瑟顫抖的玉體就被抱入了懷中，坐上那紫紅粗漲的巨物，擠得穴間蜜液橫流。

季婉汗濕的緋紅桃頰貼著闞首歸滾燙的胸肌，如痴如醉地柔聲道：「阿努斯……阿努斯……嗚！」

無論是那嬌嫩的聲音，還是騷媚的吟哦，都極為勾人。闞首歸低下頭，輕輕地含咬著季婉的唇，甜軟的檀口裡亦是濕滑的，翻騰地攪動吸吮，直至吃不及的口涎從兩人唇角溢出。

胯下的挺動瞬間一沉！

在他的炙吻中，季婉泄身了，緊緊扣在他肩頭上的手兒一鬆，整個人在他懷中急急顫抖了一陣。

待闞首歸將舌頭從她口中退出時，才發現她已經暈了過去。

「真是禁不住弄，唔……吸得好緊。」

抵入宮口的龜頭被強大的吸力吸引著，置入其中的棒身更是享受著肉壁痙攣帶來的極致縮動，雙腿間還有這季婉噴濺的熱流，也不知是潮吹還是失禁了，帳中滿是一股濃濃的淫靡氣息。

「阿婉醒醒，我還沒射呢。」捏著她蜜桃渾圓的雙乳，闞首歸低啞著聲音輕喚，滿滿都是壓抑的情欲和亢奮。

季婉哪裡還有力氣醒，癱軟在闞首歸懷裡沉沉睡去。

無可奈何的男人氣得拍了好幾下嬌翹的小屁股，待蜜洞裡的縮動平息了些，又就著過度的淫滑開始緩慢進出。

套弄擠壓的聲音再度變大。

副伏羅部大舉遷至西域，來勢之洶，眾小國皆驚。若論危險，首當其衝便是門戶高昌，再是鄯善。

季婉坐在隔殿裡都能聽見那一邊爭論的聲音，放下手中的羊奶，她又仔細看了看不太詳細的地勢圖，纖長的手指自最上的鄂爾渾河一路滑到阿勒泰，乃至烏孫悅般，這都將是阿伏至羅的勢力範圍。

而不論高昌還是烏夷，甚至是東通敦煌，西通精絕的鄯善都會在其中。

「王妃您指的都是些什麼地方呀？」萊麗好奇地問著。

「沒什麼，隨便指指。」

瑩白的指尖最後點在了車師前部，摩挲良久後，也不曾離開。

結束完議談後，闞首歸帶著季婉去了王庭最高的地方，在那裡俯瞰整個王城，極目處是大片的黃沙，也沒能掩蓋高昌的繁盛。

「阿婉喜歡這裡嗎？」

遠遠的駝鈴聲悠悠，季婉解開了半覆面的頭紗，長睫忽閃，烈陽下的王城輝煌壯闊，她是喜歡這個古老的神祕國度的，只可惜……

「喜歡啊。」

闞首歸忍不住將她攬入了懷中，薄唇輕輕吻上她的額間，沉聲說道：「我會守住的。」

這次季婉沒推開他，順從地依偎在他懷中，思量片刻後，用雙手回抱住了他，閉著眼睛說：「我相信你，你能做到的。」

方才殿中的爭論她都聽見了，所有人都認為高昌的覆滅會很快到來，這個不過建立五十年不到的小國如何抵擋十萬眾鐵騎？

歷史上也確實如此。

幸而十萬大軍尚且還遠，他們還有時間準備。

思及此，季婉抬頭匆匆說道：「車師，他們會先占下那裡。」

闞首歸碧瞳微沉，並不意外季婉的話，他有卓越的政治能力和強大的軍事頭腦，自然能預料到副伏羅部會先對付哪裡。

「以後都不用再見阿依娜了，我的王妃只有一個，便是妳。她的話也完全不需相信，阿婉明白嗎？」

季婉沒想到這會他還有心思說這些事，點了點頭，嘟囔著：「我又不笨，不過……」

看著豎在唇間的手指，季婉就知道不能再說了，訕訕地抿嘴。

季婉很清楚，就算阿依娜嫁給闞首歸，合高昌烏夷之力，怕也是擋不住副伏羅的。而闞首歸是如何倨傲的人，又怎麼會答應這種事？

目前需要擔心的，反而是烏夷國膽怯之下，會先投靠副伏羅。

闞首歸去了紆泥城，那是鄯善的王都，若論危險，他們和高昌處在一樣的水火中。季婉本想同去，奈何趕上了小日子，闞首歸嚴令她留在王庭中。

季婉小臉慘白地坐在床榻上，腰後枕著引囊，喝了醫士送來的湯藥後，腹部的疼痛才緩解了不少，這是上次流產後落下的後遺症。

「唔……」

酷暑的天，她肚子疼得厲害，一會兒冷汗涔涔一會兒又熱汗淋漓，執著翟羽的侍女都不敢靠太近搧風。

穿著高腰綢褲的萊麗從外面跑了進來，不改往日的毛躁性子，手裡捧著一個小匣子，到了季婉跟前道：「王妃，有人獻了禮物給您，說是美玉。」

匣子外觀古樸沒什麼特點，卻不曾加鎖，而是以火漆印封緘，季婉緊皺的眉頭微舒，這一年裡常有貴族獻禮物給她，闞首歸也默許收下，多是玉器珠寶，代表著貴族尊重王妃的心意。

「打開瞧瞧吧。」

萊麗開了匣子，便遲疑的咦了一聲，在季婉側目看來時，從裡面捧起一條頭紗來，那樣式極為眼熟，季婉還在思考何處見過時，萊麗就訝然說到。

「王妃，這不是您的頭紗嗎？」

嵌著小珍珠的白色頭紗用金線刺繡著繁複的花紋，季婉接過後仔細想了想，立刻神色凝重，冷聲道：「把匣子拿過來。」

若是沒記錯，這條頭紗便是當初阿伏至羅拿走的那條。

匣子裡尚有一塊雕琢成鳳凰形的美玉，底下壓著一張紙條，展開一看，季婉肚子更疼了，倒抽了好幾口冷氣才穩住心神。

思卿，念卿，不久將見。

龍飛鳳舞的漢字，不難看出下筆之人手勁蒼毅。

再拿起那塊玉珮，翻面一看，竟刻著一個婉字。

季婉先是把紙條扔回了匣子裡，又讓萊麗將頭紗放進去，「立刻拿出去燒掉，將那塊玉也砸碎了。」

即使只相處短短時日，阿伏至羅那人給她的感覺比任何人都危險，有闞義成的前車之鑒，她更加懼怕闞首歸以外居心不良的男人了。

東西都拿出去了，季婉的心卻久久難安。

此時她唯一能想到的居然是闞首歸，她格外期盼著他早點回來……

第二十章

季婉的車駕一路出了王城，按著信上的地方而去。

那是她今晨收到的，她認得出是闞平昌的親筆。從送親隊伍被屠至今，季婉都堅信闞平昌不會死，如今終於有了消息，即使來得詭異，她也要去確認。

「王妃，到了。」

下了馬車，踩在雜草叢生的地間，一望無際的荒野長滿了叢叢檉樹，不遠處早已停了一輛車駕，卻不見人影。季婉朝身邊的人點了點頭，穿著皮甲的百來武士進入了警戒狀態。季婉自然不會獨身前來，這些人是闞首歸走前配給她的，其中還有戴著面具的死士。

倏地，從遠處的馬車後面走來兩人，季婉一時看不清樣貌，目光緊緊盯著那穿著紅羅裙的女子，待近些了，她的視線卻在看見那高大男子時變了臉色。

「阿伏至羅！」

穿著胡袍的男人早無初見時的狼狽，負手而來，蓄著短鬚的薄唇掛著淡淡笑意，還未走近，凜冽的氣勢便迎面襲來，讓人不由心懼。

季婉後退了幾步，只見對面的紅裙女子側首摘掉了面紗，緩緩露出那張她無比熟悉的臉來。

「婉姐姐。」

這一聲輕喚，讓季婉心頭發緊。若是往日，她定會上前去抱住劫後餘生的闞平昌了，可是現下，她看著並肩而立的兩人，冷冷皺眉。

闞平昌似乎看出了季婉的疏離，有些無措地看了看身側的男人，頗是難受地抿著嘴，從季婉這個方向看去是一清二楚，便見阿伏至羅笑了笑，不知在她耳邊說了些什麼，闞平昌便又上前了幾步。

「婉姐姐，這一年裡我好想妳跟王兄，放心，今日我只是單純想見見妳，告訴你們我還活著。」

闞平昌有沒有別的想法，季婉不知道，但是她能確定阿伏至羅絕對動機不純，「妳王兄一直在找妳，大妃臨終前還在喊妳的名字，隨我回王庭去吧。」

提起阿卓哈拉，闞平昌也並無多少變化，往日清澈明亮的眸中多了很多複雜的情緒。

「母妃的事我早已知道，是我不孝，沒有陪在她身邊……但王庭我是回不去了。」

季婉心一沉，看向了阿伏至羅，那男人亦是一直在看她，目光銳利又詭異，不由想起兩人最後那次見面，男人似笑非笑間是深不可測的可怕，哪怕是現在，她也沒從他身上看出對闞平昌的半點愛意。

他還是在利用闞平昌。

「平昌妳該知道他是什麼人，為何還要……」

她的話還未說完，就被闞平昌打斷了，似是急於辯解：「我知道，可是他救了我……若不是他，我可能真的就死在沙漠裡了……而且他們雖然遷徙而來，卻不會對高昌出兵的。」

確實，副伏羅部還沒開始向西域正式發起攻擊，所有人只是在畏懼他那十萬兵眾。但是季婉很清楚，這個男人一開始的目的就是吞併諸國，高昌首當其衝。

季婉知曉勸不了闞平昌，冷眸看向阿伏至羅，鄙夷道：「這就是你所謂的能力？欺騙一個對你動心的女人，最後再將她棄之？不得不說，你真卑鄙。」

「婉姐姐，妳怎麼可以這樣說話！他對我很好，他也沒有騙我！」

闞平昌陡然尖利的聲音讓季婉大為失望，早在阿伏至羅裝傻時，她就一再地提醒她了，現在她明知他的身分和野心，竟然更加死心塌地?!

「王妃，我們須得儘快離開，恐此地有詐。」負責保護季婉的侍衛長大步上前，在季婉身側細語道，目光敏銳地掃過不遠處的幾個山丘，一手已經握在了刀柄上。

季婉可不相信阿伏至羅的人品，開始往車駕退去。

「平昌妳好自為之，旁人真心與否妳當最清楚的。」

車駕異常順利地離開了。

直到回了王庭，才從侍衛長的口中知曉，彼時四下怕是埋伏了不少人，若是硬拚他們可能都得死在那裡。季婉害怕不已，若是落在阿伏至羅的手中，她怕是會成為箝制闞首歸最好的王牌。

闞首歸回王庭之時，副伏羅部已經開始揮兵車師前部，不過一日便將那裡輕易拿下，自此建立高車國，自己更是號「侯羅匐勒」，意為大天子，狂妄至極。

季婉入了正殿，坐在錦氈上的闞首歸似乎睡著了，手中的羊皮卷大半落在地上，這幾日又是好幾場硬仗，方將副伏羅擋在車師。

如今阿伏至羅已交好北魏，共克柔然，使得依附柔然而建的高昌岌岌可危。

雖然有意放輕了腳步，淺眠的男人仍因她腕間的金鈴清響而醒，碧眸裡剎那的殺意掠過，看清來人是季婉時，立刻轉為柔和。

「這麼晚了，怎麼還不休息？這邊亂得很，過來作何？」

季婉指了指懷中的食盒，這還是第一次主動來給闞首歸送吃的，訕訕說道：「聽賽爾欽說你今天一直在忙，連膳食都不曾用，吃一些吧。」

人心都是肉做的，終是有軟的那一瞬間，季婉看著難掩悅色的闞首歸，哪怕是再累再忙，她的一個關懷一個笑容，似乎都能讓他高興。

「平昌她如今……」季婉在闞首歸身側坐下，皺著纖細的眉，依舊念念不忘闞平昌的事。

阿伏至羅那樣的男人，如虎狼之輩，闞平昌根本不是他的對手。

闞首歸看著她絞在裙間的手指，纏在綴了金片的緞子裡，纖細如蔥段般嫩，放下手中才飲了幾口的肉粥，牽起季婉的手握住。

「她已經不是小丫頭了，自己決定了，就由她去吧。」

季婉忍不住嘆息，也只能期盼阿伏至羅稍微有些良心。

「阿婉，妳的家鄉是怎麼樣的，同我說說吧。」撇開那一堆軍報，闞首歸得閒倚在了引枕間，認真地看著季婉，這個問題很久之前他就想問了。

驀然聽到這樣的話，季婉想起那個已經回不去的時代，眸中一亮說道：「我的家鄉可神奇了，地上有汽車，天上有飛機，家裡煮飯有電鍋，熱了還有冷氣吹……」

這些都是闞首歸聞所未聞的東西，看著說得天花亂墜的季婉，他唇側的笑意漸漸濃了，將她的話一字一句記刻在腦中，自始至終，目光都柔柔地凝在她身上。

「不論男女，從小就要去上學，讀完國小讀國中，然後是高中再到大學。」

闞首歸聽得用心，唯獨到此皺了劍眉，一把握住季婉的手，笑意盡失，森森問道：「男女都去?阿婉豈不是日日和那些男人在一起?」

她又生的如此模樣，定是少不了追求者，至今都不願對他敞開心扉，莫不是在家鄉已經有了心上人?

一想到這個可能性，闞首歸臉更黑了。

他這架勢嚇人得很，換作別人可能腿都嚇軟了。季婉卻是摸清了他的脾氣，知道他可能想到了什麼，忍不住笑出聲來，這般霸道狂飲醋的樣子，太有趣了。

「想什麼呢!我來這之前才十八歲，家裡還不准談戀愛的。」

再者，她之前也沒遇到合她心意的男生，更別提現在了，將過往認識的男孩子和闞首歸一比……

無論哪個方面，他都足以擊敗千千萬萬的男人了。

這麼一想，忍不住看了看緊繃著俊臉的他，忽而面上一熱，趕緊轉移視線，奈何手腕還被他抓得死緊，甚至被扯進了他的懷裡。

「什麼是談戀愛?」

耳畔溫熱的氣息滾滾，季婉被他按在腰間的手捏得發癢，也不敢多動，黑黝黝的明眸看向一臉不解好奇的闞首歸，她笑得更愉悅了。

「我們那裡講究自由戀愛，就是……」

季婉耐心地解釋著兩情相悅的美好戀情，順便控訴一下闞首歸對她的暴行，將這樣的做法列入了戀愛黑名單，順便再說了下不顧女方意願強行交歡會觸犯什麼法律，最重要的是還有婚姻法。

「像你以前那樣不尊重我，在我家鄉，我是可以提出離婚的！」

闞首歸瞇起了眼，危光乍現：「妳敢！」

煞氣太濃，季婉被他嚇得瑟縮了下。

闞首歸立刻意識到自己的失態，摟緊季婉的腰，親了親她的額頭，沉聲說道：「我不懂你們那裡的什麼法，但是妳和我已經是行過大禮的夫妻，這一輩子都不能分開，知道嗎？」

季婉的家鄉有著他無法想像的自由，以至於她的思想和他是有差別的。但是在這裡他是王，有著至高無上的權利，他想怎麼做就怎麼做，完全可以不顧她的意願。

可是現在他隱隱覺得自己似乎做錯了，就如季婉所說，戀愛該是平等的，這樣才能奠定婚姻基礎。

看著懷中的女人，一雙烏亮的眸兒剔透，似是灑滿了星，縈滿了月華，能在瞬間蠱惑得他怦然心動。

「阿婉。」

「嗯？」

「我們可以談戀愛嗎？」

「啊？」

季婉也不知道鬮首歸是受了什麼刺激，真的按照她所描述的好男友標準來做，一本正經地和她談起了戀愛。

這男人本來就有著讓人無法抗拒的一切，如此一來，感情這東西就開始捉摸不定了，有時季婉都開始懷疑自己還能堅持多久。

或許，動心就在下一秒；又或許，她早就動了心，只是自己不承認罷了。

天氣炎熱，季婉坐在露臺上，頗是小心翼翼地拉扯著手中的針線。

闞首歸喜潔，向來隨身要帶著手絹，既然要試試平等的戀愛，季婉自然不會只單方面地享受別人的好。

思來想去，就準備給他做點東西。

「這邊的針放開些，線下密了，出來的花會不好看。」

季婉本意是想繡一束桃花的，奈何第一次碰這些東西，實在是手疏，饒是請了繡娘來一針一線地教，還是相當費力。顫著手指認真地將粉色的線挑下去，一束桃花也就變成了稀疏的兩三朵。

怎麼辦，她突然覺得自己好笨……

闞首歸到底喜歡她什麼？

第二十一章

闞首歸得空來看季婉時，她正含著被針扎出血的手指緊緊蹙眉，也不知道在想什麼，沒來由就將手中的竹柄扔開了，尚且能入眼的半成品剛好掉在他腳邊。

俯身撿起時，修長的手指流連在花瓣上，碧瞳裡愉悅漸濃。

「為何要丟開？」

眼看闞首歸赤足上了地氈，跪在一側的侍女們順勢退了出去，偌大的空間裡只剩兩人，季婉聳著肩頭，搖頭不語。

待在她身邊坐下，闞首歸牽了她的手指查看，新鮮的血珠又凝了出來，還不止一個針眼，面色一沉，直接將白皙的素指放進口中輕抿。

濕熱的觸感滑動，季婉莫名紅了臉，想抽出手指卻又對上了那雙碧色幽幽的目，如萊麗所說，闞首歸看她的眼神和別人不同，亮亮的、柔柔的，甚至還有些寵溺。

「我什麼都不會，也做不好，你究竟愛我什麼？」

她忍不住將心裡話說了出來，發現時已經遲了。

舌尖的血腥味淡了，闞首歸才放開她的手。這幾日季婉突然的鬱悶他也察覺到了，卻不想她是在糾結這個問題，想了想，認真地回答了她。

「我也說不清是什麼樣的感覺，只是見到妳的時候這裡會跳得很快，我也不知道這樣的感覺能持續多久，但是我很清楚，我想和妳在一起，永永遠遠，哪怕沒有了這種感覺。」

因為在他心裡、骨子裡都已經刻上了她的名字，前所未有的濃烈欲望想要護她一世、和她快樂一生，即使將來這種稱為愛的感覺消失了，他也會本能地去愛她。

愛一個人需要理由嗎？愛她的堅貞？愛她的聰明？抑或是愛她的容貌？

能說出理由的愛又算哪門子的愛，充其量只能算是喜歡。反倒是那股說不清道不明、第一眼見著了就抹滅不掉的感覺，才是愛。

季婉呆呆地咽了咽口水，心口撲通撲通地跳，一下比一下快，那說不清的感覺，她最近也越來越能體會到了。

闞首歸拿過夾在竹柄中的手絹，似笑非笑問道：「做給我的？」

「我第一次做，有點醜。」季婉突然有些小羞怯，咬著唇低頭，這種感覺又好笑又忐忑。

看著她弄傷的手指，闞首歸本是想讓她不用再做，可是到口的話變了，攏著季婉耳畔的散髮，手心摩挲著細嫩的桃頰，微微勾唇：「我會一直放在身邊的。」

似乎是受到了鼓勵，季婉奪過手絹就準備繼續，闞首歸反手一抬，讓她撲了個空不說，還一頭撞在了他的腰間。

臉頰滑過他腿間時，硬鼓的碩物感讓漲紅了臉。

「你下午不是還有軍務嗎？」

闞首歸輕笑，將身邊的一應物品揮開，寬敞的地氈上倒是可以自由翻滾了。

「還有兩個時辰，夠了。」

近來副伏羅部的攻勢被擋了回去，不再氣燄萬丈地攻城掠池，雙方似是有默契地停戰了。

相對地，闞首歸空閒的時間也多了起來，便和季婉談起所謂的戀愛，更是沒羞沒臊地各種敦倫。

「輕輕、點……唔！你昨晚弄得太重了，現在都還不舒服得很……」

季婉腰肢細顫，攀著闞首歸的肩嬌喘吁吁，隔著單薄的中褲被他五指撚揉得渾身發軟，嫣紅的柔嫩唇瓣不住低吟。

大掌燥熱，摸著消腫的嬌花玉洞都是滾燙的熱意，季婉忍不住夾緊了腿，也沒能夾住那靈活的手指往肉孔裡塞，她急得去咬闞首歸的臉，卻被他順勢含住了嘴。

「唔——」

透明的口涎從唇角滑落到頸間，離了香軟的小妙舌，男人大口地舔舐，粗糲的舌掃過玉色細頸，舔得季婉心癢難耐。

緊致的蜜唇含著修長的手指收縮張闔，淺淺抽動間，溫膩的汁水又是一波氾濫。

光天明日，飛紗揚起還能看見遠遠的王城，季婉是緊張的，被闞首歸壓在地氈上，心頭湧起一股奇妙的感覺，只待他手指長驅直入，摳著軟肉敏感點輕旋，她被刺激得媚眼如蘇。

「會被看見的……呀！插得太深了，出來些……」短短一句話，她卻斷斷續續說了好半晌。

夏裙單薄，扯開季婉身上的披帛，玲瓏雪白的身姿倒也露得差不多了，沒有抗拒的乖順，甚至透著幾分期盼採擷的渴望，誘得闞首歸血脈賁張。

自花徑裡拔出了濕潤的手指，來不及褪去繁瑣的衣物，撩起袍襬，火熱硬碩的巨物直接衝了進去。

季婉被這頃刻的盈滿撞得熱淚盈眶，半闔著丹唇大口抽氣，屈在闞首歸腰側的兩條腿被他緊捏在掌中，還不等她緩過神，又是幾下重擊。

異常地滿足充實，將撞擊帶來的酥麻活散到了各處，滲入骨髓的快慰。

淚眼迷亂的季婉嬌顫在地氈上，劇烈的晃動中，髮髻上的金簪不受力地落下，一頭烏髮散滿身下，闞首歸挺腰之際，竟一把將她抱了起來，就著深入的姿勢，將她抵在了露臺的圓柱上。

凌亂的下裳遮擋了契合的私密，熱流飛濺，猙獰的巨棒有節奏地進出著花徑。

「啊！」

靠在白色大圓柱上，強烈的起伏讓季婉重心盡失，發軟的腿緊緊纏在男人腰間，揚眉嬌啼，實在是受不住那粗碩的猛搗，藕臂攀在闞首歸頸上，牢牢地抱住他，就怕一時不慎被撞了下去。

「嗯……好難受……太深了，啊……放我下去！」

溫熱的蜜穴汁液漫流，大幅度的抽插，磨得肉壁緊夾，含著肉棒吸得越緊，淫靡的水聲就越清晰。

胯間的濕潤誘得闞首歸更加亢奮地去貼合女人嬌軟的盆骨，碧色的瞳孔幽光漸濃，唇齒輕咬著季婉的香肩雪頸，入鼻的馨香讓喉間發出的粗喘近乎受激的猛獸般。

無比熾烈的肉欲衝擊得季婉七葷八素，嘴裡的叫嚷不停，誘人的嬌喘不斷傳入闞首歸耳中。

大掌抬著她下墜的小屁股，抵滿花徑的肉棒被濕濡的熱流包裹，吮吻著她發紅的玲瓏耳垂，低沉的嗓音緩緩而出。

「真的要放妳下去？阿婉不喜歡這樣入妳嗎？明明都把我的腿弄濕了。」

他突然停在她的體內不動了，過度摩擦的肉壁顫慄，更加清晰地吸出了肉棒的蓬勃猙獰，饒是不抽插，它的硬碩深入，也讓季婉愉悅得落淚。

烏亮的美眸浸了一層迷濛水霧，似妖嬈又嫵媚地望著男人，褪去抗拒和青澀，這樣的她有著致命的蠱惑。

闞首歸被她夾得忍不住抽吸，潺潺蜜流順著肉柱往腿間滴落，看不見的裙襬下是他完全想像得到的淫蕩，托著嬌臀的大掌輕揉，玉股間盡是濕淋淋的膩滑。

「現在還要放妳下去嗎？」

他故意用抵在嬌軟花心裡的龜頭重重碾擠，敏感萬千的嫩蕊乍起酥麻電流直衝季婉腦門，抓著闞首歸肩頭的玉指驀然一緊，急促地嬌吟幾聲後，連連搖頭。

緋色的嬌靨落滿了清淚，痴醉緊張的模樣怪惹人憐愛，闞首歸只恨不得用巨龍將她貫穿，頂得一遍遍泄身。

幽窄緊致的花徑再次迎來無節奏的抽插，滿滿的填塞，重重的搗擊，無疑將男女的原始欲望發揮得淋漓盡致，強烈的快感越發洶湧。

「阿努斯……啊呃……胸……好癢……」季婉耐不住地媚呼著。

闞首歸約莫知曉了她在說什麼，空閒的手解了束在她背後的小衣，繡著百花金片的緋羅布料裹得太緊了，稍稍一扯，一側的雪白奶團就迫不及待彈了出來。

他一邊重重挺腰，一邊用沾了淫水的手指去撚弄瑩白中的一點嫣紅，搓得季婉雙股發緊，連蜜道都在縮，擠得闞首歸後背發僵，直通天庭的暢快席捲而來。

「別緊張，阿婉這裡癢，需要好好揉一揉。」

高隆的渾圓隨著他的動作在晃動，才捏了一下，就浮起一層薄粉色，漂亮極了。

季婉渾身都透著緊繃的快慰，獨獨是胸前此時莫名發癢，只渴望著能被大力揉弄幾下，纏在闞首歸腰間的腿微微磨蹭，軟著聲嬌喘道：「幫我……」

闞首歸笑了笑，俊美的面龐上熱汗隱動，竟然抓過了季婉的一隻手，帶著她放在了自己的胸上。

「阿婉試著自己揉揉，乖，妳會想要的。」

入手是自己的瑩軟嫩滑，季婉臉紅得快燒起來了，整個人又處在上下顛簸的激烈中，匆匆忙忙地將手移開，將頭埋進了闞首歸懷中。

「你來你來嘛……唔！」

一低頭便能瞧見她燦如春華的粉頰，難言的嬌媚讓闞首歸心間怪癢，腰下重重一頂，在季婉驚呼的瞬間，張口去含住了她的玉乳，大口大口地吸嘬，聽著耳邊再次高亢的浪叫，更加奮力地用盡花樣讓她快樂。

「不要吸了啊！」

上頭是唇齒吸嘬的刺激，下頭是火熱肉棒的填塞，猝不及防，緊閉的宮口被撞開了，渾碩的大龜頭往裡一擠，季婉忍不住挺起背部，腹下一片酸澀，急起一股排泄的衝動。

花壺被撞成了水洞，怎麼插都是悅耳的蜜水聲，嘗著季婉粉嫩的奶肉，闞首歸便擠磨著銷魂的軟嫩淫肉往子宮裡衝去。

陰核連帶前穴的腺體在頃刻間都受到了排山倒海的衝擊，越發明晰的極樂快感拍的季婉張大了丹唇，纏在闞首歸腰間的腿繃得死緊，十顆粉白的小腳趾不住蜷縮。

「到了……到了！嗚嗚嗚！停下——」

整個肉壁都在激烈地顫縮，媚軟裡的緊致達到了極點，闞首歸卻是很清楚此時不能停下，狂猛地直直挺身，將季婉釘在胯間，高挺的鼻翼熱汗滴落，昳麗的側顏布滿了欲望的迷亂。

最後百來下操動，一次又一次地撞擊著子宮，噴灑的熱液一波波地自緊縮的穴口裡濺出，清風徐來，異域風情的露臺裡，情欲充斥的淫靡達到了沸點。

滅頂的高潮，無邊的暢快，受不住那駭人的電流時，季婉乾脆咬住了闞首歸的手臂，脈搏顫抖的雪頸隱隱發出焦躁的哀婉聲，似是愉悅又似是難受，不清不明倒更像是奶貓在嬌嗚。

「唔！」

數不清的焰火炸開在腦海中，夾雜著男人的低吼，絢麗又瘋狂，玉腿一軟，她整個人如泥水般癱在了他懷中，一切歡愉正在緩緩擴散。

良久，闞首歸才將季婉放在了地氈上，極大忍耐地拔出依舊勃脹的陽具，撿過一方潔淨的綢布，將濕濡的胯部隨意擦拭了一番，便掀起了季婉未曾褪去的裙襬。

只一眼，闞首歸呼吸便是一窒，腹下又燥熱起來。

奈何此時季婉已經受不住了，他只能強壓下衝動，拿起絹子去擦拭她的腿心，似是糊了一層蜜液的花縫嫣然紅豔，如最美的牡丹綻放，透露著無邊淫豔的氣息。

輕拭一下，混雜著精水的熱流方才消失，竟然又從裡面出來一股，白色的濃稠液體顯然多過了透明的淫水。

「小淫娃，餵給妳的東西都不吸住，可惜了。」

他射了太多，她吃不住也是自然，顫慄的小花唇一汩汩地吐出濁液，實在是沒法了。

闞首歸竟然選了一塊柔軟的緞料，邪魅的眸光一轉，將料子一角往花穴裡塞。

「啊嗯……你、你做什麼，別塞進去……」

被蜜水浸潤的洞兒瞬間有了異樣感，摩擦著被肉棒衝激敏感的花肉往裡抵，細細綿綿的酥麻電流緩起。

季婉難耐地嚶嚀，卻止不住闞首歸的動作，嬌嫩的小花穴很快就被塞滿了，微微顫縮間，盡是布料的綿軟，雖沒有肉柱的炙硬，可是說不出的塞堵竟然讓她覺得很舒服。

大掌揉著雪白的小肚皮，看著緊閉的紅腫花唇含著只剩一角的布料，闞首歸忍不住俯身，吹了一口熱息在季婉的陰戶上，嚇得她瑟縮了一下，兩片陰唇抖得更厲害了。

「好了，這下就不會淌水出來了，我們該回去了。」

「回去？」幽窄的花徑裡塞了讓人羞恥的東西，季婉只想快些取出來，未料闞首歸卻說要回寢殿，她鼓著臉直搖頭：「不要，先把東西快取出來！」

闞首歸正在刮她腿間的白沫，那是方才兩相搗弄產生的液體，長指去點了點季婉花縫裡充血的小肉粒，在她驚呼時，將蜜唇間的布料一角也稀疏塞進了溫熱的蜜洞裡。

「乖些，阿婉那裡頭太濕了，吸乾些取出來才舒服。」

季婉才不信他的這些話，咬著紅豔豔的丹唇，滿目嬌羞緊張，闞首歸卻已經開始幫她穿衣裙了。

細心地一件件穿好，又披上了薄紗在她肩頭，擋住玉潤香肩上的斑駁吻痕，卻唯獨不曾給她穿中褲。

眼看他抱起自己，季婉忙夾緊了雙腿。

「等等，褲子還沒穿呢！」

闞首歸捏了捏她的小屁股，顯然並不是忘記了，聽著季婉含嬌帶嗔，他低笑著：「穿那東西做什麼？阿婉含緊些，很快就回去了。」

這裡離寢宮並不遠，又是被他抱在懷裡，季婉也就任由他去了。夾緊的雙股一鬆，穴裡又是一陣細密的灼癢，直達花心的痠脹，令她忍不住蹙眉咬唇。

被蜜水浸泡後的綢緞微硬，戳弄得肉壁一陣陣快慰，隨著闞首歸大肆走動，季婉縮在他的懷中，忍不住嘗試著去夾緊內穴。

尚且盤旋的高潮餘韻泛著酥麻迴盪在各個敏感點，充血的小陰蒂沒來由便更脹了，也不需要去揉捏挑逗，輕輕一夾腿，就是一股難耐的顫慄。

「這就忍不住了？乖阿婉，小心水噴出來。」闞首歸挑著眉，用只有兩人能聽見的聲音揶揄著。

結實的臂膀抱著輕盈的季婉，自然能察覺到她的種種反應，連那股子快感氾濫的顫慄他都一清二楚。只想快些回到寢殿，取出塞在她穴兒裡的東西，換自己進去。

季婉紅著臉，酥酥麻麻的癢來回擴散，更多的蜜液被吸走，她沒好氣地掐了闞首歸的腰，有氣無力地喘著：「都是你，脹得好難受……」

綢緞的異樣質感可不比男人的陽具，稍有不慎就摩得生疼，偏偏這種疼又帶著隱祕的舒爽，大概就是所謂的痛並快樂著。

抗拒不了那種刺激感，季婉只能去迎合，縮夾著嬌嫩的穴肉，找尋著能讓自己最舒服的點，體內氾濫的熱流直衝穴口，若不是闞首歸塞的布料多了些，只怕要流成蜜溪了。

「小淫婦。」眼看季婉在懷中扭的越發豔嬈，闞首歸低吼一聲，加快了步伐。

一回到寢殿，將季婉拋在柔軟的床榻上，就用蠻力撕開了她的裙襬，聽著季婉滿足又驚慌的嬌呼，闞首歸眼都紅了，抬高兩條雪白的腿，豔麗淫靡的陰唇間又是一片濕亮。

「啊啊……」季婉難受的在錦衾中磨蹭著屁股，只覺內穴越發灼癢，本能地張開了腿。

闞首歸穩住了心神，雙指撥開濕漉漉的蜜唇，在嫣紅的嫩肉裡找到了綢緞一角。才扯了一點出來，指尖便濕透了，而季婉的媚呼陡然尖利。

「不要拿！唔！」

堵塞在膣道多時的東西往外扯去，和肉棒外撤不同，褶皺的緞料來來回回磋磨著嫩肉，本就敏感的小幽穴被不斷被扯拽，溢出了涓涓花汁。

濕濕熱熱的大團綢緞從穴口脫離，面料已經徹底濕了，最後一角離了顫縮的花唇時，只見季婉渾身劇顫，一大股水柱從小孔裡噴出。

浸濕了床榻。

闞首歸撚著那滴水的綢緞，再看不斷張闔的嬌嫩花唇，是不打算再忍了。

「看來阿婉還能吃很多東西，那就繼續吧！」

緊接著，便是一室讓人面紅耳赤的嬌軟淫媚，持續了不知多長時間……

第二十二章

季婉將最後一片花瓣繡好時，那塊手絹便被闞首歸珍藏了。

這幾個月來阿伏至羅的高車國逐漸穩定，便將戰線拉開，不止直擊高昌，還有鄯善。因為有北魏相助，高車國還控制了通往敦煌入關的道路，使高昌的繁茂度頓時減半。

臨近中原年關，因為闞氏起源漢人，自然也承襲了漢禮，闞伯周尚在時，每年都會舉辦年關宴，闞首歸雖不喜中原，卻因為季婉，仍然照了年俗。

「如今臣民情緒低迷，這次年宴倒是可以好好辦一場，鼓舞人心。」

季婉說著，將折好的紅燈籠掛在了金鉤上，挑著流蘇捋了捋。

近幾月高昌終是難敵副伏羅部的凶猛，連失幾城，臣民皆慌，更有甚者已經在數著王城陷落的日子了。

這些擾亂人心的話，季婉很懷疑是敵方傳來的，但是流言如風，止不住的。

「依阿婉所言吧。」

闞首歸面對的軍務繁重，這些事只能交給季婉。待到年關後，他便要率兵出征了，這一次若是能將副伏羅部阻擋在塔木壁，高昌則能無事；若是戰敗，高車軍隊便可長驅而入，直殺王城。

季婉點了點頭，忽而想起闞首歸曾讓人出使烏夷國，便說道：「我觀那烏夷國王以往做事總立場多變，這次恐怕……」

這一戰，高昌和鄯善聯合，可也架不住背靠北魏的高車。昔日尚且有柔然為依，如今柔然也自身難保了，只想著再多聯合幾國，不然只會是以卵擊石。

「使臣已回，烏夷早已與高車暗通。」

早在派人出使時，闞首歸也不曾有多大希望，烏夷如此作態的小國，反倒會拖了他們後腿。他漠然一笑，握住了季婉微涼的手。

「阿婉不需要多慮，有我在，高昌不會敗的。等我凱旋，我們就不會再分開，過幾年再生下小王子小公主，我們就可以去阿婉說的天竺看看。」

季婉咬著唇依偎在他寬厚的臂彎中，莫名的鼻頭發酸，緊抓著闞首歸的手點了點頭：

「好。」

她多想告訴自己，歷史是會變的，她相信這個男人可以改變一切……

闞首歸的目光落在了季婉腹間，他們的第一個孩子是兩人長久來都不曾再說過的忌諱，若是還在，現在也該有一歲了吧？未知是男是女，若是女孩定然會如同她這般乖吧？

「阿婉，別哭。」

沉緩的嗓音裡透著無奈和疼惜，溫熱的大掌捧起季婉垂在他懷中的臉龐，她哭得無聲無息。

這樣的她，讓闞首歸如何放心。

季婉卻不管，投入他懷中緊抱著他，抽泣著：「不論如何，你都要回來，答應我！」

頗是耍賴的口吻令闞首歸心頭發軟，一下一下地順著她的後背，儘量放低了聲音：「好好，答應妳，我一定會回來，我還要陪阿婉談戀愛，陪阿婉生孩兒，等著阿婉愛上我。」

「這是你說的！你若是不回來，我就將你忘得一乾二淨！」

闞首歸本是帶笑的俊臉微繃，摟著季婉的手也發緊了，親了親她頰畔的熱淚，便用手指戳著她的額頭冷哼：「不准！」

年關宴比往常更加奢華，子時一到，闞首歸便攜著季婉登上了高臺，望著蓄勢待發的將士們，進行誓師。

「明日，兒郎們將隨本王出征，高昌的未來皆繫於你們，可願與本王一同共驅敵虜、守護國城、誓死如歸嗎？」

闞首歸洪聲說罷，一口飲了碗中的烈酒，舉過頭頂高高摔下，一舉一動皆是霸氣至極。將士們自然是受到了鼓舞，飲酒後重重摔碗，齊齊聲呼。

「共驅敵虜！誓死如歸！」

「共驅敵虜！誓死如歸！」

震天的山呼響徹王城，這個喜慶的夜變得意義非凡。

子時過後，兩人才回到寢殿，和衣躺下後，闞首歸一反常態不再纏著季婉求歡，只抱著她絮絮叨叨地說著陳年往事。

季婉只耐心地聽著，腦海裡全是不一樣的闞首歸。

「阿婉的母親應該很好吧？」

季婉正聽得入迷，聞言點了點頭，笑道：「自然，我是獨生女，父母將所有的愛都給了我，他們是最好的父母。」

闞首歸揉在她髮間的大掌微頓，碧綠的瞳中幽光緩緩，在季婉攀著他的手臂又詢問往事時，低斂了目光。

天方亮，闞首歸便已然穿上了鎧甲，這是季婉第一次見這樣的他，威武肅殺，俊美非凡，踮起腳替他整理著肩頭的玄色披風，惹得闞首歸微微一笑，長臂一伸將她抱了滿懷。

「阿婉等會兒就待在這裡，不用來送我了。」

季婉想問為何，卻被他大口吻住，不依不捨地糾纏久久才甘休。待她睜開眼睛時，只看到高大的身影快步走出殿門，再也沒了蹤影。

心頭頓時空落落一片。

之後每隔幾日季婉都能收到闞首歸送回的隻字片語，如今戰事焦灼，儘管寡不敵眾，他仍舊與阿伏至羅抗衡一二，誰也不落下風。

可季婉終是不安，戰事瞬息萬變，誰勝誰敗，早有歷史記載。

第三十八日時，看著風塵僕僕從戰場歸來的賽爾欽，季婉忐忑的心沉到了底，他是闞首歸的侍衛長，這個時候回來，只說明了一件事。

「王妃，王已下令，讓屬下送您去南朝。」

季婉顫著手接過絹帛，上面的一字一句無不刺痛了她的眼。原來他早就安排妥當了，說什麼會回來，不過都是在騙她罷了。

「他呢？」

單膝跪地的賽爾欽也是臨危受命，他很清楚戰事，平素面無表情的臉上終於浮現了悲色，沉沉說道：「王說，戰死不歸。」

好一個戰死不歸！

季婉沒有拒絕闞首歸的安排，在一眾人急亂收拾東西之際，她去了他往日的東宮正殿，絹帛上說他在那裡放了一樣東西，她現在可以去取了。

那東西放的隱祕，機關開啟後，壁龕裡才緩緩出現了一個小錦盒，如意環扣的金鎖鑰匙季婉已經找到，捧了盒子過來，打開的過程，手都在輕輕顫慄，她總覺得裡面放著的東西和她有莫大關係。

「這是——」季婉匆匆拿起那塊白玉翻看，震驚之餘，卻也能十分確定，這就是能讓她回家的那塊玉珮！

所以大婚那夜，闞首歸砸碎的那枚是假的?!

「混蛋，還真是用心良苦！」

季婉氣得牙癢癢，更加堅定了心裡升起的念頭。

將玉珮掛在頸間，她便前去找了賽爾欽。如今要從敦煌入關談何容易，更別提去南朝了，她也不知道這玉珮還能不能讓她回家，若要她孤身一人地等，季婉乾脆走另一條路。

「我要去庫里甘。」

賽爾欽一愣，才意識到季婉在說什麼，噗通一聲跪在地上，右手握拳放在了胸口，擲地有聲地道：「王令我送王妃去南朝，決不能更改！」

庫里甘是車師前部通往高昌最後一道屏障，鬫首歸正在那裡浴血奮戰。

「他將你遣來我的身邊，你就該聽我的命令。南朝我是不會去的，立刻送我去庫里甘，便是死……我也要和他在一起。」

這句話終是說出了口，心中反而是坦然，在拿到玉珮的那一秒，她很清楚自己在想什麼，回家的執念已經淡了。

她只想再見到他，哪怕是最後一面。

賽爾欽反駁不了季婉，甚至暗暗欽佩她的這份決絕，在高昌人心目中，天神見證的夫妻就該生死相依。

早已備好的車隊直接朝庫里甘而去。

車駕裡只有季婉，她並沒有帶萊麗，想起離開前那丫頭哭得傷心欲絕，她也不曾心軟半分。

悵然地推開窗格，極目遠眺，層巒疊嶂的高山起伏，密集的青草鋪滿了山坡，車隊行在最高處，過了這裡便要進沙漠了。

四肢痠軟，季婉無力地睜開眼，發現自己正躺在一張護欄大床上，上面是高高的帳篷穹頂，屏風隔開的帳篷極其寬大。

她只記得入沙漠時，車中忽而多了一抹奇異的香味，聞著聞著整個人就慢慢睡著了。牛皮遮蔽的巨大帳篷視線昏暗，也聽不清外面的聲音，季婉又躺了許久，一身力氣才緩緩回流，心中的不安在累積。

直到阿伏至羅出現時，她並沒有表現出恐慌，反而用一種嘲諷的目光看著靠近的男人。

「醒了?要喝水嗎?」

季婉不說話，只警惕地看著他。

阿伏至羅抬腳坐在床沿，用火引點了燭臺，光線明亮時，倒了清水在鎏金的高腳杯中，末了夾了一塊方糖進去。轉身將毫無抵抗力的季婉抱入懷中，端起杯子餵她喝水。

「那些蠢人迷煙用過了量，這幾日恐怕都會不舒服，且忍忍。」

他說著，寒星似的眸子緊盯著季婉，淡失血色的粉唇勉強含著杯口，小口小口地飲著水，乖巧嬌媚地讓他腹下發熱。

她現下這幅狀態，似乎也不錯。

喝完了微甜的糖水，季婉乾涸的喉嚨才潤了幾分，軟綿綿地倚臥在阿伏至羅懷中，聽著男人漸漸發沉的呼吸聲，厭惡地皺起眉。

阿伏至羅笑著，手指慵懶地摩挲在她沾了糖水的唇瓣上，粉潤的晶亮誘人，指腹輕搓，皆是香唇的軟嫩。他抑制不住想去親吻，卻被她側首躲開，最後只能親到她的嘴角。

他也不生氣，薄唇緩動，甚至用舌頭輕舔起來。

懷中的女人抖得更厲害了，不知是害怕還是憤怒。

「我說過，妳會是我的。」他忽而挺腰，用手指扣住季婉的下頷，就著明亮的光線，肆無忌憚地打量著她。

兩年前的話，終於實現了。

唇角被男人舔過的地方還是濕熱的，季婉噁心得連話都不想說，發軟的手勉強擦拭了幾下，便被阿伏至羅一把掐住了手腕。

「不用如此，以後妳會習慣的，我不止會吻妳這裡，還有更多地方，我都會一一去碰……」

季婉直接被安置在阿伏至羅的王帳裡，屏風前的帷幕垂下，能清晰地聽見他正召集了軍士，但對話間全是北地的高車話，她難以得知任何消息。

因為吸入迷藥過度，季婉的身子還是不能動彈。夜裡，她只能眼睜睜地看著阿伏至羅入內更衣，上了圍榻。

「別擔心，我現在不會對妳做什麼……等我殺了闞首歸，會讓妳心甘情願地跟我在一起。」

阿伏至羅自大慣了，換作別的女人，他或許會直接硬上，但是季婉終究是不一樣的，如今人已經落在了他的手中，他自然有的是耐心。

燥熱的手掌粗糲，在季婉泛白的頰畔和頸項上摸了摸，待她美眸中充滿厭惡恐慌時，他才收回了手。

「鬬首歸已是強弩之末，不出五日，我的鐵騎便能踏平庫里甘。」他含笑的樣子極為俊朗，關於這場血流成河的戰爭，全然無謂極了。

季婉緊閉著眼，身子動不了，知道暫時安全，也就不理他了。

偏偏阿伏至羅越發興奮起來，一時揉著她的腰，一時咬著她的手，就是不給她躲避的機會，惱得季婉睜眼罵道：「滾開！」

「願意跟我說話了？我還以為妳打定主意做個啞巴呢。」

「你到底要怎樣！」

阿伏至羅甚是喜歡這樣的季婉，氣鼓鼓的臉頰，比他往日狩獵看見的奶獸還可愛，忍不住就想多戲弄戲弄她，手臂一抬，掀開了兩人身上的衾被。

「我突然改主意了，現在占有妳似乎也不錯。」

季婉雙目圓瞪，阿伏至羅已經壓了上來，撲面而來的異性氣息強大危險，她緊繃著身體大喊：「不要！」

清潤的聲調變得尖利刺耳，甚至多了一分啜泣，阿伏至羅滾燙躁動的胸膛遲遲沒有壓下去，而是雙掌撐在季婉的身側，好整以暇地欣賞著她的害怕。

「這麼禁不住嚇？放心，不過是逗妳玩玩。」

兩人挨得極近，這樣的距離已經很親暱了，脖頸間都是男人的灼息，季婉死死地咬住了唇，臉色煞白，她知道他並不是在逗她，男人的欲望是藏不住的。

直到阿伏至羅重新躺了回去，甚至拉開了兩人的距離，季婉的警戒才弱了幾分。

今夜便相安無事地過去了。

一連幾日季婉都不曾出王帳半步，能下床走動時，阿伏至羅便讓侍女一刻不落地盯著她。

獨坐帳中，聽著外面雜亂的蠻語，季婉絞盡腦汁想出的逃跑計畫，都一一被否定，耗在這裡越久，她見到闕首歸的希望就越渺茫。

夢裡倒是不止一次看見那個男人，不是和她道別就是一言不發漸行漸遠……

熱淚落在手背上，耳邊響起腳步聲，沉思中的季婉迅速回神，胡亂地擦拭了下眼睛，卻見是阿伏至羅走了進來，懷裡還抱著一隻雪絨絨的長毛兔。

「哭了?」他目中銳利的霸氣悄然變成了不悅，走近床邊，看著換上了高車胡袍的季婉，只覺得這女人說不出地美，可惜心裡念的卻不是他。

季婉低著頭不願意看他。下一刻，懷裡就被塞了一隻雪團，絨白的小腦袋在她懷中蹭了蹭。

「這幾日外面亂，不要想著逃跑，我不想傷了妳。」

坐在床沿的女人始終沒有反應，說罷，阿伏至羅轉身便走，腰間佩戴的玉石和匕首撞得叮噹響，毫不掩飾他的怒意。

季婉卻突然抬頭，喊住了他。

「我要見闞平昌。」

阿伏至羅頓足，回首看她，眼神銳利恐怖，冷冷勾唇道:「好。」

人一走，季婉挺直的腰才鬆下來，倉促地呼了幾口氣，實在不想去回憶剛剛那人的神情。顯然他一點都不怕她和闞平昌見面，更不擔心她能逃出這裡。

他倒是說話算數，闞平昌很快就出現在了王帳裡。

「婉姐姐。」

相較於兩年前，闞平昌對阿伏至羅的愛已經是深入骨髓了。以前她還能告訴自己那個男人是在騙他，可以放棄，可是直到送親隊伍被屠，他出現救她的那一刻，一切都不重要了，她只知道她愛這個男人，願意付出一切。

兩年的時間，她努力融入他的生活，他也回應了她的付出，時間久了，闞平昌也不想奢望再多，只想永遠就這樣吧，哪怕他對她沒有半分愛意，只要能站在他的身邊，足矣。

可是她高估了自己，也低估了一個女人的嫉妒心，兩年前安排阿伏至羅最後一次見季婉時，她就知道自己永遠都得不到他的心了。

永遠。

第二十三章

闞平昌是親眼看著阿伏至羅將昏迷的季婉抱入王帳的，那樣珍之重之的舉動，更是讓嫉妒化作利刃，淬了毒般直扎她的心。她不敢想像他們是如何睡在一張床上，也不敢去想他們會做些什麼。

她只知道，她恨死了季婉。

這樣的恨，在看見季婉懷中的兔子時，更加強烈了。

「婉姐姐不開心嗎？我從來不知道他那樣的男人，居然也會做出哄女人的行為。我甚至以為他是個沒心的人，原來……」

哪裡是沒心，只是心裡全是另一個女人。

「當初明明是我們一起救他，為什麼他就愛上了妳？妳很得意吧？不論是王兄還是阿伏至羅，心心念念的都是妳！現在，王兄就要死了，妳也不用擔心做不成王妃，有的是人要將王后的寶冠給妳！」

闕平昌已經失去了理智，怒吼著就要朝季婉衝來，身旁的侍女卻比她更快，將她推倒在地。

「我恨妳！是妳搶走了他！為什麼妳什麼都沒做，就可以讓他們永遠想著妳，憑什麼我連他的笑都得不到！」

「平昌，我在妳眼中就是這樣的嗎？」季婉咬住了顫慄的牙關，眼中的淚遮蔽了視線，這些話更像是毒刃在剜她的心。

這一聲反問，讓闕平昌止不住淚，激狂的神情也淡了幾分，淒涼地笑著。

「可是他喜歡妳啊。留下來吧，婉姐姐……我不想讓他不高興，妳不要逃了，我們可以一起，只要妳不介意，他不會趕我走的……妳一定要留下來，好不好？」

大戰在即，阿伏至羅空閒的時間並不多，知道闕平昌向季婉說的那番話後，也不過一笑，往後兩日便讓她繼續去陪季婉，適當地開解。

如阿伏至羅所言，面對連日闕首歸抵死不屈的血戰，第五日即將分出勝負，而他已是勝券在握。

若說欽佩，他自然是佩服闞首歸的，區區千人之兵竟能抵擋他的幾萬大軍到此時，所用的兵法更是讓他嘆服，如此對手將隕，他是既惋惜又慶幸。

惋惜是大約以後再也遇不到這樣的敵手了，慶幸是如此強大的敵手即將死在他手下。

這一日是沸騰混亂的，戰場的廝殺聲震天，從啟明星升起時，空氣中都是血腥味。

季婉的耐心已經磨得差不多了，那個孔武有力的侍女卻一直守在她左右，直到闞平昌出現，她的眼睛終於一亮。

闞平昌也帶了侍女，在她朝季婉走來時，那個看似嬌小的侍女出其不意攻向了阿伏至羅的人，那個看守季婉多日的女人來不及抵擋，被擊暈了過去。

「平昌！」

季婉匆匆起身，闞平昌也趕緊拉過她的侍女，一邊說：「婉姐姐快些，關口已經攻破了，王兄他……」

早在那日季婉提出要見闞平昌時，就想出此策了。她只能賭一把，所以在闞平昌憤怒衝來被侍女推開時，用口型告訴她該怎麼做，事實證明，平昌還是原來的平昌。

如此一來，阿伏至羅的戒備也放鬆了，闞平昌這兩日都是帶著侍女進來，現在季婉只需要換上侍女的衣服，跟她一起出王帳，便可以趁亂離開。

聽見闞平昌在哭，季婉的手也抖得厲害，但仍然換好了衣服。

「別哭，我們先離開這裡。」

闞平昌上前替季婉戴上了面紗，眼中的悲色讓人心驚，還是忍不住哀求：「婉姐姐，不要去了……王兄若是在，也不會允許的，他肯定想讓妳活下去，妳現在去戰場……」

季婉抿唇，發紅的眼圈裡淚光閃動，抱住了闞平昌，輕聲說著：「傻丫頭，我當然知道。可是妳王兄太壞了，搶了我最重要的東西，我要去找他，讓他慢慢還給我。他若生，我便陪他活，他若死，我自然也要一起。」

從第一次見面開始，闞首歸就霸道地控制了一切，他蠻狠的掠奪，笨拙的付出，強勢的索取，又卑鄙地用盡了真心。

人非草木，恨是堅持不了多久的，愛早已油然而生。

他搶走了她的心啊，沒有了他，她無法想像往後的生活。

出了王帳，躲過了兵士的查詢，鬫平昌就帶著季婉走小道去庫里甘。

兩人抵達時，廝殺聲已經接近尾幕，風中濃郁的血腥味，讓人幾乎透不過氣，開闊些的地方全是屍體。

「王兄在那裡！啊！」

遠處的那一幕讓鬫平昌嘶聲尖叫，那是她一起長到大的王兄，比任何人都要疼愛她保護她的王兄，身中數箭他依舊矗立不倒。

「闞首歸！」

季婉也看見了，而阿伏至羅的刀已經對準了他的胸膛。

似是聽見了她的聲音，兩人齊齊看了過來，季婉拚命地朝他們跑去，絆倒在屍體上又快速地爬起，她的眼中只有一個人。

「闞首歸！闞首歸！」

哪怕鐵箭穿透了身體，闞首歸依舊穩如泰山，沾染了鮮血的臉上已經看不出原來的俊美無儔了，凌亂的卷髮下，碧瞳被染成了紅色，遠處跑來的身影他看不清了，滴著血的唇畔微動。

「阿婉……呃！」

阿伏至羅的刀沒有半分猶豫地刺穿了他的胸膛，他卻感覺不到痛，搖搖欲墜地倒下時，仍舊死死地看著季婉的方向，漸漸的，露出了滿足的笑意。

夠了。

只可惜看不到他的阿婉最後一眼了。

血色的天地裡，她已經靠近了，他想讓她別哭，可是一張口，只噴出一灘又一灘的血，瞳孔漸漸張開，他似乎又回到了初見時……

「不可以！你不可以死！闞首歸，你看看我啊！」

季婉抱著滿身是血的男人痛哭失聲，整個戰場上只剩下她的悲泣，她甚至沒能聽到他說的最後一個字。

頸間掛著的玉珮正在發燙，一縷白光透出時，她還不曾發現。

「啊啊！」

阿伏至羅沒有阻止季婉靠近闞首歸，看著已經瘋掉的女人，他臉上最後一絲快慰也消失了，實在忍不住朝她伸手時，突然一抹刺眼的光芒乍現。

所有人下意識去擋住眼睛，等到白光消失時，那個哭瘋的女人和死掉的男人已經消失了……

「不！季婉！」

——《高昌王妃 下》完

番外一

闞首歸成為高昌王後，年齡的增長讓他更加沉穩，踏著鮮血和白骨得到的權力為他留下了太多撲朔迷離的傳言，臣子們懼怕他，國民們敬畏他，獨獨只有季婉越來越不怕他了。

對於這點，闞首歸很是歡喜。

不過這也不代表她已經愛上了他，特別是在他毀了她唯一能回家的機會後。

「阿婉，爽嗎？」男人低喘著，滿滿都是情欲的壓抑，燥熱的性感，挺動的巨大力度，都在這一刻勃發而出。

難耐的嗚咽泣吟連連住，濕漉漉的窄緊蜜穴被大肉柱撐得直淌水，端坐在男人腹間的季婉幾度想逃，奈何細腕被緞帶綁縛著吊在上面，顫動的玉潤纖腰更是被闞首歸握得死緊，只能隨著他的操動而顛晃。

細嫩鮮潤的淫滑內道熱得致命，長時間的摩擦讓各處的敏感都達到了極致，撞擊的水聲響起時，花心和宮口都在失常地夾縮，碩硬的龜頭頂得太深了，外扯時，肉冠磨得季婉忍不住夾緊了雙腿。

「嗚啊！」

極樂的酥癢，在水潤摩擦中盤旋昇華，猛烈的衝入，直將這股肉欲頂得往上湧，讓人只想尖叫。

雪白的腿間是男人的灼熱，上下頂弄不斷，季婉已經沒有力氣去尋找支撐點了，只能任由闞首歸貫穿著她。

嬌潤的小蠻腰在掌中抖動，興奮的男人更甚粗暴起來，沒有什麼是比在歡愛時聽到心愛的女人浪叫更讓人亢奮的了。

「兩個時辰了，阿婉一定想吃精水了吧？沒關係，瞧瞧，吃著我的陽物還是很開心，鼓得真淫蕩。」

染滿欲色的碧眸柔情又邪肆，大掌撫摸在龜頭撐脹的小肚皮上，也沒捨得用力去壓，那裡頭的嫩肉起初還是緊的，操了將近兩個時辰已經軟得泌水不止了，但是遭到重力碾弄時，宮口的顫縮也夠折磨人了。

季婉一身雪膚緋紅，半吊在床間多時，也不曾得到半次高潮，每每到了臨界點時，闞首歸都會抽身離去，平復片刻後再撞進來。

起初她還難受地哭了，這會只剩蝕骨的無邊瘙癢，讓她發不出聲。

仰起的雪頸上是男人留下的斑斑吻痕，淚珠滑過臉頰又順著脖頸潤了乳房，大幅度的猛烈晃動間，連綿的淚接踵落在他寬闊的胸膛上。

「又要到了？」

察覺到蜜穴在縮緊，那是高潮前的痙攣徵兆，前一刻還啪啪洪亮的契合聲，瞬間就停了下來，毫不留情地從肉洞裡盡根拔出，猙猛怒張的紫紅巨物染著白沫和水液危險挺立著。

「啊！進、進來！」

夾裹不及，碩猛的大肉棒就這般離開了體內，又是那股可怕的無邊空虛，顫慄的敏感媚肉在劇烈地收縮著，季婉逸出了可憐的啜泣聲，淚濛濛的美目巴望著身下的男人，嘗試著抬身去含那根勃起的巨柱，卻怎麼都辦不到。

「別哭，這麼久不曾碰妳了，今天要慢慢玩才行，對不對？」悄然揚高的尾音撩人極了。

修長白皙的手指刮弄著滴水的縫兒，即使再饑渴，那裡還是以很快的速度閉合了起來，再想尋到被肉棒擴充過的洞口，又得費一番力氣。

起起伏伏的劇烈歡愉如潮水般開始褪去，季婉哭得越來越大聲，扭著纖腰將恥骨和男人的胯下弄得濕淋淋，灼人心扉的癢一波波襲來，很快又往回蔓延，她能清楚感受到那股迫切的渴望，只需要一下，哪怕只是一會的插入……

她就能得到極致的快慰！

「怎麼跟孩子一樣總喜歡哭呢？會餵飽妳的，不過不是現在。」從肉洞裡拔出手指，濡濕的溫熱讓闞首歸瞇了瞇眼，順著更濕的會陰往雪股間摸去，指腹摩挲了幾許精緻的小菊穴。

季婉忙是一抖，夾緊了粉白的翹臀，顫巍巍地驚泣著：「前面……前面要……嗚嗚！

別插那裡！嗯！」

散在玉背後的豐美烏髮也隨之凌亂，指節擠入了緊熱之處，只被開採過一次的穴洞顯然還不能適應異物的填入，卡得闞首歸手指生疼，這樣的緊直接讓他加重了呼吸，好容易從裡面拔出手來，騎坐在身上的季婉才放鬆下來。

「又不聽話了，以後必定要找人日日看著妳用那東西，緊成這樣，會插傷妳的。」

在性事方面，闞首歸承認自己是有些小變態。他喜愛季婉入骨，在征服她的敦倫之樂時，上癮般想要得到她的一切，前穴、後穴、乃至嘴兒，只要能插的地方他都要去填塞，在她身上每個角落都留下他的印跡。

以往季婉不願意時，他可能會強迫，現在卻越發捨不得了，只能使些磨人的法子迫得她先忍不住開口求他。

一聽「那東西」，季婉便鬆了咬緊的貝齒，紅著眼搖頭：「不要！我不要用那些……」

上回老嬤嬤奉命端來了一盒子物件，甫一打開，季婉便被那些大小不一的玉棒嚇得花容失色，現在又提及，她自是不願。

「不用怎麼能行呢？妳那裡太緊了，要多塞些東西，才會鬆的。」

粉嫩的雪股根本夾不住他的手指，從下而上地滑動，將花穴裡的蜜水染滿了她的下身，隔著剃毛後的嫩紅陰阜，大肉棒輕抖著，凹凸的青筋肉皮猙獰得嚇人。

離開了她的緊夾密裹，他也不好受，腹下躁動不已，他忍不住去磨動季婉充血的小陰蒂，腫了的陰唇便迫不及待來貼合著棒身。

「好了，今日我便親手代勞吧。」

他抱著季婉的細腰，猛然坐起身來，吻著她雪頸上流動的口涎，低沉地笑道。

腕間的束縛不曾鬆開，眼看闞首歸挑了一根中指粗細的玉棒，季婉乾燥的喉間忍不住喊出聲來，額間香汗密密，心中竟有些說不出的期待和緊張。

「唔——」

浸過藥水的玉棒微涼，泛著異香繞過纖腰，輕畫在翹臀上，癢得季婉直顫，夾不住的腿根深處，蜜水滲得越發歡快。

「喜歡嗎？乖，把小屁股再翹起來些。」玉棒滑入了會陰處，隱隱貼在她流水的穴口，闞首歸稍稍用力抬了抬，季婉便本能的收腰提臀，將雪股間濕亮的菊眼露了出來。

男人的灼息自玉潤的香肩一路而下，帶著濃厚的強勢像焰火一樣燎燒著季婉的後背，懸吊的纖美身姿如是落入狼口般。

鴛鴦衾中春風正濃，早就濕透的後穴粉得誘人，渾圓的玉棒頭端頂壓而上，擠著緊致如花的褶皺，開始慢慢地往內送入。

「不……啊！」

乍然擠入的異物雖不是太粗，卻讓季婉吃不消。還來不及抗議，身後的男人便伸手罩住了她的胸，狠狠一捏。

「聽話。」

玉棒還在繼續深入，奈何瑩軟的敏感處被蹂躪得難受，季婉只能放棄了抵抗，闔著泠泠水霧的美眸嬌喘急急。

闞首歸則是恰到適宜的鬆了手勁，改為輕揉撫慰，滾燙的掌心旋壓著發癢的乳頭，一下又一下，聯手中操控的玉棒也不再是直搗而入，變成了淺緩的抽插。

腦海裡粗細之分瞬間明晰，火熱夾緊了微涼，很快就嘗出了各種不一樣的滋味……

「嗯……呃呃！」

挺直動人的玉頸起伏漸漸急切，異於前穴的腸壁熱得出奇，玉棒插入時會情不自禁地放鬆裹吸它，玉棒拔出時她明顯慌了神，用緊致的肉褶去夾縮。

闞首歸沉聲笑著，預料之中的事讓他樂見其成，鬆開手中的嫩乳，改握住了季婉曼妙的小腰，送入的玉棒被後穴吃了大半，抽動越來越輕鬆，不知覺時掌心中都是淫膩的濕濡。

「好了，後面的洞兒有得吃，也該餵餵前面的小騷洞了。」

高大的身軀向前傾來，寬厚的胸膛貼上女人緋紅的玉體，在玉棒滑出前，他抱起了季婉的屁股放在胯間，勃脹的巨柱甚至不需要引導，嘗著微熱的淫膩蜜水便頂入了。

「啊啊！」

驀然地盈滿，脹得季婉渾身發抖，累積多時的洶湧快慰再次燃燒，燒得她理智盡失，嬌媚的浪聲越來越激昂。

身後重力的拍擊，讓想要滑出菊穴的玉棒一次又一次地回到原地，甚至插進更深的地方。不及肉棒五分之一粗的東西，在這個時刻起到了更好的刺激，雙雙頂弄，暗藏在深處的敏感軟肉根本不堪，溫膩的情液一發不可收拾。

馳騁在美人體內的男人不自覺地有了戾氣，銷魂的美妙著實讓他發狂，咬住季婉顫慄的香肩：「濕得好厲害，插得越深裡面的肉便越軟，阿婉是怎麼辦到的？又媚又淫，唔——」

季婉聽不清楚，四肢百骸都是讓人想要尖叫的衝動快感，灼心的癢，發著淫靡水聲的柔嫩蜜道已經被男人搗成了淫洞，連同身後塞堵和異物的腸壁都是酥麻的。

「嗚嗚……難……受啊！插、插得太快了！」

又何止是插得快，狠厲的重操迅而猛，比兒臂還粗的紫紅大棒一個勁地往宮頸裡入。層層縮弄的蜜肉已經敏感到極點，沁水的嫩滑夾擄著男人的性器，隨時都會高潮。這一次闞首歸似乎不再打算退出了，讓季婉更加暢快地享受著洶湧的欲望。

快要被巨棒插裂的肉壁水液漫流，懸吊在床間的季婉已是岌岌可危，鋪天蓋地的火熱激烈又可怕，身後的粗猛撞擊更是讓她一上一下，磨動的紅腫肉唇間是一片淫沫。

「看來要插得再深些，阿婉才不會被撞出去呢。」環著季婉的纖腰，饒是被情欲迷亂的闞首歸依舊沉聲談笑著，不過碧眸中的亂色可不比她少。

碩大的龜頭撞進宮頸內，堵得季婉仰頭尖叫，再用力一挺，往日被精液溢滿的子宮近在咫尺了。

「啊！」

淺緩的抽動在宮內開始了不可思議的旅程，貫穿陰道再深入的交合，即使是細微的磨動，都足以讓季婉泄身。柔嫩的媚肉暫態縮緊，接著便是天翻地覆的痙攣，高潮在不停止的抽弄中爆發了。

剎那的空茫整個世界都是寂靜的，只有男人抽插的聲音異常清晰，壓抑幾個時辰不曾得到的紓解在此時大量湧出。

潮噴了！

失禁了！

極樂的巔峰絢爛又急烈，在闞首歸加速的操弄中，精液也隨之射入她的子宮。耳畔是男人粗魯的淫語和低吟，他暢爽地抱著她，將他的東西一股一股地注入她體內，滾燙的液體脹滿了她，流淌在兩人腿間的水柱很快就多了一縷白濁。

「阿婉，妳又把床弄濕了。」

季婉已經徹底迷失在這場激烈的性愛中了，在闖首歸撥弄著卡在菊穴中沁水的玉棒時，她再也忍不住，虛脫著暈了過去……

——番外一完

番外二

週末時分，中央圖書館裡人很多，季婉慢悠悠地在歷史區選了一處坐下，捧著手中厚厚的書仔細翻著。這本書她找了很久，比起網路或其他書籍的概括歷史，這一本記載得最為詳細。

終於翻到了高車國篇，往日在維基百科上看的短短幾行字，在這裡變成了大篇幅，關於阿伏至羅的人生可謂是壯觀，雄踞西域半個世紀，卻因晚年脾性暴戾被人推翻。

後一頁中竟然記載了他的後宮，季婉意外的看見了闞平昌的名字——闞氏平昌，乃高昌王闞伯周之女，為阿伏至羅四王妻之一，尊為巴菲雅可敦，一生育兩女，年四十許薨。

季婉闔上了書，悵然地看向窗外，烏雲遮蔽的天似乎要下雨了。

起身去還書時，大概是因為心緒不平，季婉也沒注意到腳下，竟然差點滑倒，幸好一位正在取書的男子扶住了她。

「妳還好吧？」男人戴著眼鏡，相當斯文，拉住季婉後，看看她挺起的肚子，也是害怕不已。

季婉撫著受驚的胸口連呼吸了幾口氣，感激不已地看著對方：「謝謝你！」

不料，男人看到季婉的正臉後，完全呆住了。

懷孕後的季婉更美了，穿著寬鬆的長裙仙氣滿滿，之前還刻意用頭髮遮住臉頰，這會兒露出來，連旁邊取書的好幾個人都忍不住多看了幾眼，甚至有人拿出了手機準備拍照。

救了季婉的男人終於回過神，趕緊擋住了那些人，護著季婉往電梯去，一邊說著：「我叫何亞清，在A大任教。妳呢？」

雖然對方是個孕婦，可是如此長相也不由讓男人想多多搭訕。

季婉尷尬地笑了笑，想著剛剛要不是他拉了一把，自己這會兒也不知道怎麼樣了，還是禮貌地回答了：「我叫季婉，剛才真的很謝謝你。」

走出電梯，何亞清仍然寸步不離，陪著季婉一起出了圖書館，旁敲側擊地問著手機號碼。不愧是大學老師，整個過程都呈現出溫文儒雅的感覺，不見一絲猥瑣。

「就快下雨了，我開車送妳吧。」

自從季婉懷孕後，家人都不許她開車了，只能選擇搭計程車，不然就是打電話叫人來接。看著身邊獻殷勤的男人，她還是委婉地拒絕了。

「不用那麼麻煩，我搭計程車就好。」

何亞清有些失落，他自認為在A大校區裡也算風雲人物，沒想到人家根本就看不上眼。

「不麻煩的……啊，已經開始下了，妳懷著孕呢，淋雨不好，我的車就在那邊，過去吧。」

因為下雨的緣故，路人都紛紛招起了計程車。

季婉一時半會招不到車，又怕雨勢變大，看著一臉真誠的何亞清，她皺了皺眉，想著不如就坐他的車吧。

應該不是壞人吧？她警惕地觀察著。

何亞清也意識到自己過於熱情了，撓了撓後腦勺不好意思地說著：「愛美之心人皆有之，不過我更樂於助人。」

季婉還在猶豫，那邊已經有幾個小女生在小聲尖叫了，一邊喊一邊拿了手機狂拍。

季婉感覺不對，才看了一眼，頓時笑了。

她這一笑，身邊獻殷勤的男士更加痴了。

「哇，好帥好帥！長得好高！天啊，他的眼睛好像是綠色的！」

穿著西裝的男人身材極好，腰背寬闊有型，雙腿筆直修長，行走間都是賞心悅目，不過俊臉上的神情不太好，陰沉得讓人害怕。

闞首歸才不想理那些小女生，大步走到季婉跟前，將雨傘遮在了她的頭頂，然後目光銳利地看向何亞清。

「他是誰？」

季婉生怕他發飆，趕緊拽著他的手臂晃了晃：「別這麼凶，剛剛我在圖書館裡差點摔倒，幸好何先生救了我。眼看下雨不好招計程車，人家好心想送我回家而已。」

聽到季婉差點摔倒，闞首歸沉穩的臉上頓時起了變化，趕緊環住她的腰，輕輕地摸了摸她的肚子，還是有點不放心：「要不要去醫院看看？」

「不用不用。」季婉看向何亞清說：「這是我老公。今天真的很感謝何先生，要是有空的話，我們請你吃飯吧。」

何亞清早在看見闞首歸時就知道自己沒戲唱了，這樣的男人不論是外表還是氣場，他還是生平第一次見到，連看人的目光都銳利地讓他害怕，聽到季婉相邀，下意識就拒絕了。

「客氣了，舉手之勞而已。我還有事，先走了。」

「謝謝。」

這一次道謝的是闞首歸。

不知為何，男人說出這兩個字居然讓何亞清有點誠惶誠恐，趕緊揮了揮手，轉身就走。

等走遠一點了，再回頭看，只能看見高大的男人小心翼翼護著女子走在雨中。

那把傘為女人擋住了所有的風雨，那男人卻任由雨水飛濺。

他們應該很相愛吧？

急來的雨越下越大，所有人的身影在雨中漸漸模糊。

——番外二完

番外三

關於那塊季婉從小戴著的玉珮，家裡人都說不出有多少年了，也不知是從哪裡來的。那塊玉珮雖然碎掉了，但是季婉卻和闞首歸一起回到了現代。更神奇的是，當時身受重傷的闞首歸竟然一點傷痕都沒有，季婉不由想起自己穿越的那天，受傷的手臂和腿都恢復如初，不禁感嘆玉珮的神奇力量。

帶著闞首歸回到季家時，距離那場讓季婉穿越的地震，時間竟然才過了三天！

事實上，她在另一個時空已經待了足足三年……

這倒是方便了她解釋自己的出現，只說是闞首歸將她從廢墟裡救出的。

那時一家人都以為她死了，看著死而復生的她，都自動忽略了各種不合理的存在，在季爸季媽看來，只要女兒活著就行，就算她說自己穿越了時空，他們也信！

闞首歸的適應力極強，才花兩個月的時間就摸清了這個不一樣的世界。有了生存力，便直接去季婉二舅的公司上班，而後因為表現優異，升職加薪樣樣來。

一年後，兩人順利舉辦婚禮，期間季家人待女婿的態度好到不行，季婉有一次就悄悄問了她媽，怎麼這麼容易就將她嫁出去了？

季媽媽笑著說，早在她死而復生回來的那一天，她就看出兩人的不對勁了，又怎麼會去刁難闞首歸？

現在的季婉懷孕六個月了，學業仍舊繼續。

紅燈時，車子停下，季婉忍不住去戳了戳闞首歸緊繃的臉，瞇著眼笑：「又吃醋了？哎呀，你也不看看我現在是什麼情況，這麼大的肚子，別人真的只是好心幫忙而已。」

闞首歸冷哼：「妳還知道自己大著肚子？從明天開始不許出門，要去哪裡，必須都要我陪著。」

季婉自知理虧，趕緊抱住他的手臂撒嬌：「都聽老公的，不許繃著臉了，我這不是沒事嗎，快笑一笑。」

闞首歸被她晃得心都化了，只覺得臂間緊挨的兩團巨乳磨得他腹下發熱，不禁扯了扯頸間的領帶，微微一笑：「阿婉，不要玩火。」

「啊？」季婉後知後覺地看了看，才反應過來，趕緊撤手捂住臉，「討厭！你這又是從哪裡學來的臺詞！老實說，是不是又偷看我最近買的小說了？」

這臺詞，再配上闞首歸的帥氣模樣，殺傷力太大了！

闞首歸手一抬，修長的五指捏住了季婉的下巴，學著在小說裡看到的，將她往自己這邊一帶，直接吻了上去，霸道又溫柔，吻得季婉漸漸意亂情迷。

後面卻響起了一連串刺耳的喇叭聲！

三個月後，季婉平安產下一對龍鳳胎。

被醫生護士們從產房裡推出來時，第一個衝上前的是闞首歸，他一言不發，只緊緊握著她的手，那是季婉第一次在他眼睛裡看見淚光。

「哥哥叫闞思安，妹妹叫季思寧。」

剛出生的小孩子又白又嫩，看得季婉心都萌化了，等到能起身時，就一手抱一個，親完這個親那個。

闞首歸接手後，起初也是手忙腳亂，不知所措地抱著孩子，後來季媽媽仔細教了他該怎麼抱，才敢上手。

見他不敢摸不敢捏，生怕把兩個小孩戳碎了，季婉直接牽著他的手去摸孩子的臉。

「怕什麼，你是他們的爸爸，輕一點摸摸，很好玩吧？哈哈。」

相對於碧眼的兒子，闞首歸更喜歡女兒，那雙黑幽幽的眼完全隨了季婉。最重要的是，他一抱兒子，那個臭小子就會哭個不停，只有季婉抱著，他才會乖一點，繼而霸占媽媽的奶奶。

而妹妹呢，不管是爸爸抱還是媽媽抱，都很乖巧。

往後的年月裡，這一點更加明顯。

兩個小孩七歲時，季婉又生了一個男孩，那時闞首歸已經是實至名歸的霸道總裁了，時間可能已經磨去了最初的那股感覺，但也讓兩人更加懂得廝守一生。

闞思齊的滿月酒辦得更加隆重，前來祝賀的人無不是感嘆季婉命好，有自己的事業、有疼她愛她敬她的丈夫，還有一對漂亮的龍鳳胎，如今又多個兒子，真是讓人豔羨。

酒宴散場後，回到家中，季婉將掛在小寶貝手腕上的鐲子和脖子上的長命鎖都取了下來，準備放著等他大些再戴。

拉開抽屜將盒子放進去時，又看到了那個裝著玉珮的錦盒，已經放在這個角落很多年了。

忍不住打開看了看裡面碎成幾塊的白玉，似乎和普通的玉沒什麼區別。

「媽媽快來，爸爸煮好湯圓了！」

「好，馬上來！」

將盒子蓋好，放回抽屜，季婉輕鬆地笑了笑，無聲地說了一聲謝謝，關上抽屜就出門去了。

黑暗的房間裡，一道刺眼的白光在抽屜縫隙裡閃過……

——番外三完

高寶書版集團
gobooks.com.tw

ERO3
高昌王妃 下

作　　者　黛妃
繪　　者　JNE*靜
編　　輯　林思妤
校　　對　任芸慧
美術編輯　林鈞儀
排　　版　彭立瑋

發 行 人　朱凱蕾
出　　版　英屬維京群島商高寶國際有限公司臺灣分公司
　　　　　Global Group Holdings, Ltd.
地　　址　臺北市內湖區洲子街88號3樓
網　　址　www.gobooks.com.tw
電　　話　(02) 27992788
電　　郵　readers@gobooks.com.tw（讀者服務部）
　　　　　pr@gobooks.com.tw（公關諮詢部）
傳　　真　出版部　(02) 27990909　行銷部 (02) 27993088
郵政劃撥　50404557
戶　　名　三日月書版股份有限公司
發　　行　三日月書版股份有限公司/Printed in Taiwan
初版日期　2020年6月
二刷日期　2020年8月

國家圖書館出版品預行編目(CIP)資料

高昌王妃 下 / 黛妃著.-- 初版. -- 臺北市：高寶國際, 2020.06-
冊；　公分. --

ISBN 978-986-361-849-2(平裝)

857.7　　109003340

◎凡本著作任何圖片、文字及其他內容，未經本公司同意授權者，均不得擅自重製、仿製或以其他方法加以侵害，如一經查獲，必定追究到底，絕不寬貸。
◎版權所有　翻印必究◎

三日月書版

三日月書版

GOBOOKS
& SITAK
GROUP ©

GOBOOKS
& SITAK
GROUP©